TA VIE DE YOUTUBEUSE

WOW

S'ABONNER 1K

VALÉRIE FONTAINE

1

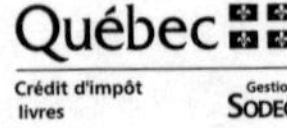

Gouvernement du Québec – Programme de crédit d'impôt
pour l'édition de livres – Gestion Sodec

info@lesmalins.ca

Éditeur : Marc-André Audet
Éditrice au contenu : Katherine Mossalim
Auteure : Valérie Fontaine
Directrice artistique : Shirley de Susini
Mise en page : Diane Marquette
Correctrices : Élyse-Andrée Héroux et Dörte Ufkes

Dépôt légal – Bibliothèque et Archives nationales du Québec, 2019
Dépôt légal – Bibliothèque et Archives Canada, 2019

ISBN : 978-2-89657-818-4

Imprimé au Canada

Les éditions Les Malins inc.
Montréal (Québec)

Financé par le gouvernement du Canada

TA VIE DE YOUTUBEUSE

VALÉRIE FONTAINE

À ma partner in crime, ma sœur Marie-Claude,
et à notre mère, notre victime préférée, en souvenir
du meilleur tour que j'ai joué dans ma vie. Le numéro 27
est pour vous. À Véro, même si elle n'était pas là ! 😊

À la Valérie adolescente, que j'ai eu le bonheur
de retrouver pendant l'écriture de ce livre.

MESSAGE D'ACCUEIL

À toi, lecteur, à toi, lectrice,

Ce livre t'offre la possibilité de tester tes aptitudes de youtubeur. Tu seras confronté à divers choix qui feront, ou non, augmenter le nombre de vues sur ta page. Ton objectif : obtenir le plus grand nombre de vues en faisant le moins de choix possible. Tes choix doivent donc être efficaces et avoir le plus grand impact positif possible sur tes statistiques.

J'espère que tu auras beaucoup de plaisir à découvrir toutes les possibilités qui te seront présentées. Tu peux me remercier d'avoir créé ce livre qui te permettra de prendre des risques, sans douleur et sans conséquences graves !

Bon succès, apprenti youtubeur !

Tous tes amis veulent devenir youtubeurs plus tard, c'est ce qu'ils prétendent lorsque l'enseignante de français les interpelle sur le sujet. Toi aussi, tu en rêves! Quel bonheur! Faire des vidéos, recevoir tout plein de produits gratuits qu'on peut présenter à nos *fans,* avoir des milliers de *followers,* tout ça dans le confort de notre chambre, habillé en mou. Quand ton boulot, c'est d'être en vie et d'en parler, c'est trop génial!

La différence entre tes amis et toi, c'est que toi, tu vas devenir une youtubeuse pour vrai. Tu as les outils technologiques, ce qui n'est pas le cas de tous les jeunes de ton âge. Jusqu'à l'an dernier, ton amie Sara n'avait pas le droit d'avoir une page Facebook. Ses parents n'ont jamais publié AUCUNE photo d'elle sur les réseaux sociaux. Ils disent que c'est dangereux et que ces images d'elle vont la suivre toute sa vie. Franchement! Tu ne vois pas comment une photo de gros bébé joufflu, le visage couvert de glaçage de gâteau d'anniversaire, peut être compromettante. Depuis qu'elle possède enfin son compte Facebook, Sara ne décolle plus de son téléphone. Elle reprend probablement le temps perdu. Elle a tellement souffert d'être l'extraterrestre dans votre groupe d'amis. Elle était toujours la dernière à tout savoir, et si vous oubliiez de lui téléphoner pour la mettre au courant d'un événement Facebook, elle manquait même certains partys. Ses parents ont accepté Facebook, mais ils sont encore loin de lui permettre de gérer une chaîne YouTube!

Ton ami Vincent a une page Facebook depuis le début du secondaire (ses parents sont normaux), mais il n'a pas le droit de posséder un cellulaire (donc ses parents sont normaux plates). Sans cellulaire, bonne chance pour faire des vidéos... Déjà qu'il passe sa vie à t'emprunter le tien pour envoyer des textos banals, tu ne vois vraiment pas comment il pourrait faire pour devenir un youtubeur célèbre.

Pendant que tes amis jasent de leur choix de carrière, tu te dis qu'il faut voir les choses autrement. Pourquoi y rêver pour plus tard quand tout peut commencer maintenant? Les youtubeurs populaires sont des gens qui savent prendre des risques et se démarquer. Tu es comme eux! Tu décides donc de te mettre à la tâche dès que possible, sans le dire à personne. Tu n'as pas envie qu'on te copie. Tu ne le diras même pas à Sara et Vincent, même s'ils savent habituellement tout de toi. Ils savent même que tu dors encore avec ton toutou Bof et que tu as une peur terrible des orteils... Pour la première fois de votre amitié, tu préfères attendre de mettre ta première vidéo en ligne avant de leur en parler, question de créer la surprise. Agir rapidement empêchera aussi que quelqu'un de l'école parte une chaîne avant toi.

Tes pensées sautillent dans ta tête. Peut-être que Christophe, le plus beau gars de l'école, te remarquera si tu deviens une vedette du Web ! La belle vie et le grand amour t'attendent dans le détour, tu le sens !

Des papillons d'excitation volent dans ton ventre, tu as juste envie d'aller t'enfermer dans ta chambre pour organiser ton plan. Présentement, tu as l'impression que ton cerveau est rempli de bulles de savon qui contiennent toutes sortes d'idées extraordinaires. Si tu ne les attrapes pas tout de suite, elles vont s'envoler ou, pire, éclater !

— Et alors, ta réponse ? dit soudain ta professeure.

Tu reviens sur terre comme un éléphant malhabile qui s'est enfargé dans ses pattes. Non seulement tu n'as aucune idée de la question, mais tu en veux à la prof d'avoir chassé tes précieuses pensées avec sa voix de corneille. Si tu n'atteins jamais le million de vues, ce sera probablement de sa faute.

— Je... je ne sais pas...

— J'aurais apprécié une réponse plus honnête. « Je n'écoutais pas » m'aurait au moins donné l'impression que tu me respectes quand même en tant que personne, malgré le désintérêt total que mon cours t'inspire. Mais bon, c'est sûrement trop demander. Quelqu'un a la bonne réponse ?

Sara pouffe de rire dans son chandail. Tu es bouche bée, mal à l'aise devant l'intervention de ton enseignante. Tu mets un peu plus d'efforts pour te concentrer sur le cours, mais en vain. Lorsque la cloche retentit, elle semble le faire sur un ton d'Alléluia. ENFIN !

— Ouin, tu te l'es fait dire ! te taquine Sara.

— Avoue que la prof a été un peu bête ! Bon, je dois partir tout de suite. Je vais aller faire mes devoirs, je ne veux pas qu'elle me tombe dessus encore une fois.

— Ben là, tu n'as pas besoin de te transformer en élève modèle pour ça ! Euh, t'es sûre que ça va ?

Tu affiches l'air le plus normal du monde, c'est-à-dire un visage beaucoup trop souriant et un peu crispé.

— Oui ! T'inquiète !

Tu la laisses là, en plein milieu du corridor.

Une fois à la maison, tu n'as aucun souvenir d'être passée à ton casier ni d'avoir pris l'autobus. La création de ta chaîne occupe toutes tes pensées. Tu attrapes un crayon et une feuille et tu dresses le plan de ce grand projet qui te propulsera vers la gloire !

⌄⌄⌄

Tu n'as jamais publié de vidéo, mais tu as déjà regardé des tonnes de capsules. Toutes ces heures devant ton écran peuvent être considérées comme une petite formation qui te permet maintenant de comprendre ce que c'est, l'essence d'une bonne youtubeuse.

Tout d'abord, l'élément central : de quoi parleras-tu avec tes *fans* ?

- La vie d'une adolescente de quatorze ans.
- Les amis.
- Les parents.
- Les secrets amoureux.
- L'école.
- La mode.
- Toute autre idée géniale !

Tu sais que ces sujets intéresseront TOUT LE MONDE !

Sans attendre, tu te rends sur YouTube et tu commences les démarches pour créer ta chaîne. Ce qui est génial, c'est que d'autres youtubeurs proposent des vidéos pour t'indiquer la marche à suivre. Quelle générosité !

En quelques clics, c'est réglé ! Tu te promets de revenir visiter ces chaînes lorsque tu auras un moment. Tout est bien expliqué, là-dessus, pour devenir la youtubeuse la plus populaire au monde. Tu rêves déjà des gens de tous les pays qui connaîtront ton nom, qui auront envie de savoir ce que tu penses, ce que tu aimes…

SI TU N'EN PEUX PLUS D'ATTENDRE ET QUE TU DÉCIDES DE FAIRE TA PREMIÈRE VIDÉO TOUT DE SUITE, ▶ VA AU NUMÉRO 1. VITE, AVANT QUE QUELQU'UN DE TA CLASSE NE SE LANCE AVANT TOI!

SI TU PRÉFÈRES RÉFLÉCHIR À UN PLAN D'ACTION, RESTE CALME JUSQU'AU ▶ NUMÉRO 6.

1

Tu places ton cellulaire sur une boîte de mouchoirs, coincé entre deux livres. Tu regardes autour de toi. La décoration de ta chambre n'est pas vraiment au goût du jour, et tu sais bien que ta vieille douillette de Justin Bieber ne devrait pas faire partie du décor. Tu la lances par terre et tu cours chercher une couverture moelleuse dans le sous-sol. Elle fera l'affaire pour l'instant. Tu caches tes traîneries dans tes tiroirs, tu allumes une bougie qui pue pour l'ambiance (les spectateurs ne la sentiront pas), tu empruntes un petit cactus qui vit habituellement dans le bureau de ta mère et le places en arrière-plan. Voilà, ton petit décor est prêt et il est digne des plus grandes youtubeuses ! Tu vérifies l'angle de la caméra et tu décides que, pour ta première capsule, ce sera plus naturel de plonger tête première sans trop réfléchir. Une présentation simple fera l'affaire et déjà, les gens comprendront à quel point tu es cool !

— *Salut la gang ! Je viens de partir ma chaîne YouTube ! Oh là là ! Je suis si excitée ! J'ai quatorze ans, j'aime la vie, j'ai plein d'amis, parfois, je trouve que l'école c'est bof, mais bon, j'ai pas le choix d'y aller sinon mes parents vont être frus ! Entécas, j'espère que... que... vous allez me suivre !*

Cliquez « J'aime » et abonnez-vous à ma chaîne! Annoncez la bonne nouvelle à vos amis! Ciao!

Tu appuies sur le bouton d'arrêt et tu te dépêches de mettre ta vidéo en ligne. Ton cœur débat, tu as l'adrénaline dans le tapis! Tu regardes quelques fois la vidéo pour t'assurer que tout est parfait. Tu es un peu déçue d'avoir bafouillé, mais tu te dis que l'erreur est humaine. Tu n'as pas du tout envie de recommencer ta capsule. Vive l'authenticité! Tu es si pressée d'entrer dans l'action...

En route vers la gloire! Un jour, tu seras la youtubeuse la plus connue au monde! Mais d'abord, tu espères que les élèves de ton école seront au rendez-vous. Il faut bien commencer quelque part. Ensuite, ils relaieront tes vidéos et il n'y aura plus de limite à ta conquête planétaire! Il ne reste qu'à attendre quelques minutes. Tu es certaine que tu verras le nombre d'abonnés augmenter.

Tu tournes en rond dans ta chambre. Tu décides que c'est le moment de confier ton secret à tes amis. Plus les gens sont nombreux à savoir que ta chaîne existe, plus elle sera partagée et plus elle deviendra populaire. Tu ne perds pas une seconde et tu annonces la grande nouvelle sur Facebook:

SURPRISE! J'AI MA CHAÎNE YOUTUBE!!! FOU, NON? ALLEZ TOUT DE SUITE CLIQUER POUR VOUS ABONNER!!!

Les réactions ne se font pas attendre :

Sara Soleil : *Cachottière !*

Vince le King : *Wow ! Nice !*

Jérémie B : :) :)

...

C'est fou ! Les vues commencent à monter sous ta vidéo, tu les vois en direct ! Tu sais que Sara l'a partagée, ainsi que plusieurs élèves de l'école. Venant de ta meilleure amie, c'est bien normal, mais que d'autres fassent de même, ça te remplit de joie. On dirait que ta chaîne va faire exploser YouTube tellement le compteur monte rapidement.

115-116-117...

128-129-130...

Ton regard est hypnotisé par l'écran. Tu n'oses même pas le quitter des yeux, comme si le compteur et sa course vers le sommet dépendaient directement de ta présence. Les minutes passent. Tu as maintenant une envie pressante d'aller faire un petit tour à la salle de bain, mais tu l'ignores.

135-136...

Il ne se passe plus rien. Tu rafraîchis la page, croyant que ton écran s'est endormi. Non, ton nombre de vues reste coincé.

Tu ne peux plus te retenir, tu t'enfuis donc vers la salle de bain et tu en profites pour faire un brin de toilette. Tu es certaine qu'après trente minutes d'immobilité, le compteur aura repris sa course.

Hélas non.

Tu te forces à aller au lit et tu dors d'un sommeil agité. Au lever, tes yeux sont à peine ouverts que tu les éblouis de la lumière bleue de ton écran. Le compteur n'a pas beaucoup bougé... et il n'y a aucune trace de réaction de la part de Christophe. Quelle déception...

+ 152 vues

CONTINUE AU NUMÉRO 6.

2

Tu allumes ta caméra et, en essayant de chuchoter de façon à ce que ce soit tout de même audible par tes spectateurs, tu expliques que depuis quelques jours, tu cultives avec soin un «pet en plat». Celui-ci est d'ailleurs de grande qualité, encore plus que ses prédécesseurs. Tu proposes d'aller voir comment il se porte.

Tu filmes le plancher et le bout de tes chaussettes. Tes parents regardent la télévision. Lorsque tu passes près d'eux, ta mère t'adresse un sourire bienveillant. Elle tient à te démontrer dans chacun de ses gestes que la technologie compte moins que les contacts humains. Pour elle, la gestion des écrans familiaux est aussi importante que bien se nourrir, être propre, polie et respectueuse, et faire de son mieux à l'école. Par bonheur, maintenant que tu as quatorze ans, elle a cessé de chronométrer ton temps d'utilisation d'Internet et de ton téléphone, et tu y as maintenant accès dans ta chambre, ce qui n'était pas le cas il y a quelques mois. Pour éviter qu'elle découvre ton plan, tu caches ton téléphone dans ta poche en contournant le divan où tes parents prennent place. Tu te dis que filmer le fond de ta poche rendra le tout encore plus original.

Tu rejoins sans autre obstacle le réfrigérateur qui ronronne, le ventre bien plein. Tu retournes la caméra vers toi et tu t'assures qu'elle capte bien tous tes mouvements. Tu exagères le suspense en ralentissant tes gestes et en jetant des coups d'œil inquiets aux alentours, ainsi que d'autres plus complices vers la caméra. Tu te sens comme une grande comédienne. Tu ouvres la porte, tu enfonces ton bras jusqu'au fond et tu en ressors le plat contenant ton bébé pet. Tu refermes la porte brutalement (être trop discrète pourrait éveiller des soupçons) et tu soulèves doucement un coin du couvercle en en approchant ton nez. Tu inspires profondément et tu t'étouffes en riant. L'odeur est infecte ! Tu essaies de transmettre l'intensité de l'odeur à tes *fans* par toutes sortes de mimiques muettes exprimant le dégoût. Tu retournes à ta chambre en vitesse, non sans avoir pris soin de refermer l'incubateur à pet et de le replacer bien au fond du frigo.

Tu refermes la porte de ta chambre et tu pouffes de rire. Tu termines ta capsule avec une phrase que tu espères destinée à devenir une citation célèbre :

— *Mon bébé pet deviendra grand !*

Tu visionnes ta vidéo et tu es bien fière du résultat. C'est drôle et original.

Tu la mets en ligne et tu décides que son titre sera inspiré de sa phrase de conclusion. C'est vendeur !

Dès que tu la publies sur ton mur Facebook, les réactions se multiplient.

Pretzel au miel : *LOL*

Bizbille : *Pouhahaha ! Ça doit être horrible !*

Charlie Potvin : *Pour une fois que le brocoli nous fait rire !*

Marie la fouine : *On veut des nouvelles !*

La vidéo fracasse en quelques secondes la cinquantaine, puis la centaine de vues. Tu ne tiens plus en place dans ta chambre. Tu fais la danse du bonheur, tu sautes sur ton lit. C'est parti !

Soudain, on cogne à ta porte. Ton père apparaît dans l'embrasure.

— Qu'est-ce que tu fais, ma chouette ? On dirait que le plafond va nous tomber sur la tête !

— Ça va, ça va, papa... Je... j'imite une chorégraphie que je viens de trouver sur le Net..., mens-tu pour éviter de devoir dévoiler ton grand projet.

— OK, mais vas-y mollo. Et peux-tu éviter de sauter sur ton lit ? Je te le demande depuis que tu as deux ans...

— Oui, oui, papou.

Tu lui offres ton plus beau sourire en souhaitant intérieurement qu'il reparte sans attendre. Lorsque tu entends enfin ses pas dans l'escalier, tu retournes à ton écran.

+ 345 vues

CONTINUE AU NUMÉRO 4.

3

— *Nous sommes ici réunis pour dire adieu à notre cher ami, le brocoli vapeur devenu pet en plat. Il est né lors d'un souper de famille où tous ses frères et sœurs ont été dévorés par de monstrueux humains affamés. Il est le seul survivant de cette tragédie. Heureusement, une jeune fille courageuse l'a sauvé d'une mort certaine en compagnie des restes de table qui se dirigeaient sans autre issue possible vers la poubelle. Il vivait depuis, bien protégé dans sa demeure* (tu montres le plat sur lequel tu as collé une fleur séchée) *et bien au frais. Il vieillissait bien, en nous faisant don chaque jour de son odeur qui pognait dans le nez, jusqu'à ce qu'un homme horrible décide de l'expédier dans l'autre monde. Repose en paix, petit pet.*

Tu mets la vidéo en ligne. Tu aimerais bien ajouter une musique triste, mais tu ne sais pas comment faire. Quelques notes d'orgue ou de cornemuse auraient été géniales. Il faut vraiment que tu t'organises pour devenir une pro du montage. Si les profs te donnaient moins de devoirs, tu pourrais enfin réaliser ton plein potentiel.

Puisque tu as depuis longtemps compris que tes devoirs ne se feront pas tout seuls, tu décides de t'y mettre et de t'en débarrasser. Entre deux exercices plates, tu surveilles du coin de l'œil les réactions à ta vidéo. Tu es fière d'être une personne qui peut accomplir plusieurs tâches à la fois.

Germaine Granger : *Lol ! Je vais faire naître une génération qui lui succédera, on mange justement ça ce soir !*

La vache qui rit : *Mes sympathies.* 

Eloulou Villeneuve : *Pauvre toi, quel grand drame !!!*

Marie-Luce Girard : *Tu fais ma journée ! J'envoie ta vidéo à tous mes amis !*

Tu es satisfaite des réactions. Il est maintenant l'heure de fermer ton portable et de te concentrer sur la fin de tes devoirs. Juste avant d'appuyer sur le bouton *off*, tu reçois une notification Facebook :

Chris_toff aime votre publication.

OMG ! Vous n'êtes même pas amis Facebook. Tu remercies le ciel que Facebook offre la possibilité d'afficher les publications en mode public.

Christophe a lu TA publication, a regardé TA vidéo et a pris SON index pour cliquer « J'aime » sur quelque chose que TU as créé. C'est le plus beau jour de ta vie ! Ce « J'aime » est presque l'équivalent d'un « Je t'aime ». Tu te demandes combien de fois il a visionné ta vidéo. Peut-être l'a-t-il enregistrée ? Peut-être t'aime-t-il secrètement lui aussi ? Comment pourras-tu maintenant te concentrer sur tes devoirs ? Tu rêves d'une nouvelle loi :

UNE PERSONNE AMOUREUSE A LE DROIT DE SUSPENDRE TOUTES SES ACTIVITÉS POUR PENSER À L'ÊTRE AIMÉ.

- Cour suprême des amoureux, 2019

Tu t'imagines en classe demain, devant ta prof :

— Désolée madame, je n'ai pas fait mon devoir, j'ai passé la soirée à rêver à l'homme de ma vie.

— Pas de problème, ma belle. L'amour passe avant tout. Et si tu n'as pas fini d'y rêver ce soir et demain, oublie aussi les prochains devoirs, ce n'est vraiment pas grave.

Hélas, la vraie vie t'attend avec une retenue si tu ne t'y mets pas tout de suite... Tu essaies d'oublier ton cœur qui bat encore trop vite et tu ouvres tes cahiers. Tu ne peux t'empêcher d'aller vérifier quelques fois si tes yeux ne t'ont pas joué un tour. Eh non, la trace de son passage sur tes pages y est toujours !

Après ce qui te semble beaucoup trop de temps, tu termines de noircir les pages de contenu inintéressant.

Lorsque tu ouvres l'écran, une nouvelle vidéo sur ton fil Facebook attire ton attention.

La belle Krystelle

Ton sang quitte ta tête. La Krykry nationale s'est parti une chaîne YouTube ! Tu regardes sa vidéo, estomaquée. Tu vois ses lèvres bouger, mais tu ne l'entends pas. Tu ne vois que ses cheveux qui virevoltent, son décor parfait, épuré, simple mais original, avec ses petites lumières suspendues et son feu de foyer en arrière-plan. Tu reprends tes esprits et tu recommences la vidéo.

— *Salut la gang ! Bienvenue sur ma chaîne* La belle Krystelle *! Ça peut avoir l'air un peu prétentieux* (Euh, tellement !), *mais non, prenez-le comme un don de soi parce qu'ici, je vais vous donner plein de trucs pour être aussi belles que moi, presque sans effort et avec un tout petit budget.* (Hey MERCI !) *Je vais vous présenter mes produits chouchous et plein de DIY pour réaliser vos propres coiffures et maquillages ! Partagez ! Dès que j'ai mille vues, je fais tirer mon mascara préféré ! Ciao !*

Tu vois les commentaires qui s'accumulent. Les vues qui augmentent. Et bang ! tu vois que la vidéo n'est en ligne que depuis une heure et qu'elle a déjà atteint son objectif ! La vipère ! Tu ne peux pas croire qu'elle va te couper l'herbe sous le pied avec sa chaîne superficielle, que c'est ce qui attire le plus tes camarades ! Tu voudrais bien rivaliser avec elle, mais ton miroir te renvoie chaque matin le visage d'une fille ordinaire. Pas trop laide, pas trop belle. Une « belle d'Ivory », comme le dit ta grand-mère qui t'a déjà expliqué que ça voulait dire que tu étais une beauté naturelle. Pour ta part, tout ce que le savon Ivory t'inspire, c'est justement une odeur de grand-mère, alors on repassera pour le compliment.

Comment réagir à cet affront ?

Tu vois que ta vidéo de funérailles a attiré 895 vues. Tu aurais peut-être dû faire tirer le cercueil...

CONTINUE AU NUMÉRO 8.

4

Le lendemain, en mettant le pied dans le corridor de l'école, tu sais que quelque chose a changé. Les élèves se retournent sur ton passage, on te sourit davantage. Tu relèves la tête de fierté : la popularité ne t'intimide pas. Tu vois Christophe, au loin, et tu hâtes le pas pour avoir le plaisir de le croiser. Tu n'es pas encore rendue à l'étape de lui parler, mais passer une fraction de seconde dans le même mètre cube d'air que lui suffit à ton bonheur.

Malheureusement, Vincent t'intercepte et tu dois ralentir tes pas, ce qui te fait rater ton objectif.

— Tiens, si c'est pas la « veudette » du Net ! s'exclame ton ami.

— Zut, tu viens de me faire rater BB !

Depuis longtemps, tes amis et toi donnez des noms codés à vos amours secrets. C'est beaucoup plus facile ainsi d'en parler ensemble sans être entendus par des oreilles indiscrètes. Vous savez tous les trois que BB veut dire « Beau Bonhomme ». L'élue du cœur de Vincent, Léane, est surnommée « Sublime », et pour Sara, c'est Clara, alias « Rose ». Sara aime les filles depuis toujours. Elle ne comprend pas qu'un gars te fasse autant d'effet. Vincent et elle s'entendent bien côté cœur, ils se comprennent. Tu es habituée de les entendre jaser chevelure romanesque, car ils capotent tous les deux sur les filles aux cheveux hyper longs.

— Oups..., se désole Vincent en cherchant Christophe du regard.

Mais il revient vite au sujet qui l'intéresse.

— Donc, le succès cogne à ta porte?

— Arrête, je n'ai pas encore mille vues... Mister Magic et La Fille qui rit en ont des millions. Je dois travailler...

— ... beaucoup beaucoup beaucoup plus fort si tu veux les rejoindre au sommet! ajoute Sara qui vient d'arriver. Bonne idée, ta vidéo! C'est un bon départ, non?

Vous vous dirigez vers votre premier cours. Tu as la chance de partager le même horaire que tes amis. La vie scolaire est tellement plus agréable quand Vincent te lance des boulettes de papier dans le dos pour tromper l'ennui pendant un cours de maths, ou quand Sara se met des crayons dans les oreilles comme si c'était le nouvel accessoire à la mode!

La première personne que tu remarques en entrant dans la classe, c'est Krystelle et son regard du diable. Elle a les yeux fixés sur toi. Tu figes dans le cadre de la porte, comme si un champ magnétique t'empêchait d'avancer. Krystelle, la belle grande rousse aux cheveux de feu, celle qui fait tomber les garçons à des kilomètres à la ronde avec son parfum qu'elle a « fabriqué elle-même » (elle s'en vante dès qu'elle le peut, en prenant ses grands airs). Tu trouves qu'elle sent la caisse d'oranges sur laquelle on aurait écrasé un bouquet de fleurs. Pourtant, ça fonctionne, car les garçons ne répondent plus de leur cerveau lorsqu'ils s'approchent d'elle. Quels idiots ! Tu l'imagines sautant pieds nus dans sa caisse d'agrumes et de fleurs. Ça te fait sourire. Ce sourire doit être la clé pour sortir du champ magnétique dans lequel elle te gardait prisonnière, parce que tu réussis enfin à gagner ta place. Elle te lance encore son regard foudroyant, mais celui-ci devra désormais dévisager ton dos, que tu lui présentes avec bonheur.

— Oh là là, Krykry a quelque chose de travers dans le derrière, te chuchote Sara.

— Penses-tu qu'elle me regarde comme ça parce qu'elle veut être amie avec moi ? dis-tu à Sara à la blague, en faisant semblant d'être super heureuse.

— Oui..., répond-elle, sur le ton de la confidence. Je pense même qu'elle est trop gênée pour te le demander... Tu vois bien qu'elle ne sait vraiment pas comment s'y prendre !

— Tout son non-verbal me crie des messages d'amour. C'est touchant sans bon sens !

Vous ouvrez vos manuels en essayant de camoufler votre amusement. Sara reprend un air sérieux et poursuit :

— Je crois qu'elle est jalouse de ton succès... Tu sais, elle aime bien avoir TOUTE l'attention...

Et c'est là que la prof en profite pour utiliser un des superpouvoirs des adultes, que tu surnommes affectueusement SPDA.

SPDA « Silence absolu » : Savoir exactement quand forcer le silence pour interrompre une conversation qui avait une importance capitale.

Tu n'en reviens pas, ils font ça chaque fois ! Tu interroges Sara du regard puisque tu es prisonnière du silence imposé, et tu sens bien que tes yeux ne sont pas à la hauteur pour transmettre ton message.

Sara, pourtant maîtresse de tous les langages, ne comprend pas tout de suite (ou ne veut pas comprendre) tes simagrées.

Code	Signification	Réaction de Sara
Yeux agrandis et mains ouvertes.	«Explique-moi ce que tu veux dire à propos de Krystelle!»	Regard fuyant dans son cahier, ne veut pas désobéir à la consigne.
Sourcils haussés et regard fâché, dents serrées.	«*Go!* Donne-moi des détails, je ne serai pas capable d'attendre à la pause.»	Bouche croche qui semble dire: «Désolée», et regard reporté sur son cahier, qu'elle semble aimer beaucoup aujourd'hui.
La piquer avec la mine de ton crayon, qui est très bien taillée.	Message clair qui se passe d'explication.	Elle sursaute et retient un petit cri, soupire et prend un bout de papier sur lequel elle griffonne beaucoup trop longtemps.

Enfin, le bout de papier atterrit sur ton bureau. Tu le glisses sous celui-ci et tu essaies de le lire par petits coups d'œil, pour éviter que ton enseignante remarque ta distraction ou, pire, qu'elle croie que tu textes. Les petites correspondances en papier sont beaucoup moins sévèrement punies que l'usage du cellulaire en classe, que les profs semblent capables de détecter grâce à un sixième sens.

« Ben oui, c'est clair que le succès de ta vidéo d'hier ne fait pas son affaire... »

— Vous n'avez qu'à lire les consignes du document, une à la fois, s'il vous plaît. Tenter d'être trop rapides vous fera perdre des points précieux.

Tu hoches la tête comme une bonne élève attentive et tu continues de lire le billet de Sara.

« À ta place, je me méfierais... On sait comment elle est. Quelqu'un a de nouvelles chaussures, elle en porte des plus chères le lendemain, on fait un party, elle en fait un le même soir pour voler les invités. Je m'attendrais à une surprise de sa part, si j'étais toi. Et pas une belle... On peut faire un plan au cas où ça tournerait mal ! Il faut être prêtes à tout ! »

Sara utilise le code « Yeux désolés, coup d'œil à la feuille d'examen » que tu comprends bien. Tu essaies d'oublier cette affaire et tu te concentres sur ta tâche ennuyante. Tu lis les consignes sans les comprendre et tu réponds aux questions comme si tu étais dans un rêve. Toutes tes pensées sont tournées vers l'hypocrite rousse dont tu sens encore le regard chauffer ton dos et l'odeur te griffer les narines.

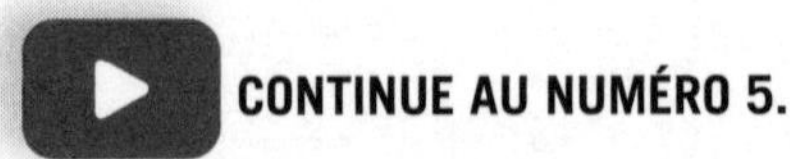
CONTINUE AU NUMÉRO 5.

5

La journée passe et tu la termines confiante. Plusieurs élèves que tu ne connais même pas sont venus te féliciter pour ta vidéo. On te dit originale, géniale, drôle et intéressante! La Krykry te dévisage, mais tu n'as pas peur d'elle. Tu te sens gonflée à bloc et tu réfléchis à ta prochaine vidéo.

Sur le chemin du retour, tu décides de passer la soirée à faire de la recherche sur Internet pour trouver des idées de décors et de capsules. Dès que tu ouvres la porte de chez toi, ta mère décide d'utiliser un autre superpouvoir des adultes, avant même que tu aies le temps de la saluer. Tu parles d'une impolitesse!

SPDA « Ménage infernal » : Gâcher les plans en parlant de ménage.

Tes parents maîtrisent ce pouvoir à merveille et ça t'enrage. Ton manteau n'est pas encore tombé sur le sol que déjà, ta mère te harcèle.

— Salut chérie, belle journée? Ce serait gentil que tu vides le lave-vaisselle et que tu fasses bouillir l'eau pour les pâtes. J'ai un dossier à régler et ça vous fera souper trop tard si vous m'attendez.

— Ouais ouais...

— On dit « oui, oui », ma belle fille qui pourrait mieux parler.

Elle te donne ses dernières recommandations en te suivant jusqu'à ta chambre, sa mallette en main.

— N'oublie pas de faire tes devoirs et de ramasser ton manteau, j'ai déjà un tapis pour m'essuyer les pieds !

Elle retourne sur ses pas, et tu entends bientôt la porte d'entrée s'ouvrir et se refermer.

Enfin !

Le lave-vaisselle, cette horrible machine qu'il faut toujours vider. C'est à croire que vous êtes douze à salir des assiettes dans cette maison. Tu le vides en lançant les contenants de plastique dans l'armoire, qui semble déjà avoir été victime d'un tremblement de terre. Un ou deux de plus dans le fouillis, ça ne fera pas une grande différence. Plus tu y penses et plus ça devient clair que vous devriez toujours vous servir à même la machine. Plus besoin d'armoires ! C'est propre, c'est sale, c'est propre, c'est sale, C'EST TOUT !

Tu ouvres le frigo en t'assurant que tes parents ne sont pas encore de retour. Puisque tu es fille unique, tu aimes parfois mettre un peu de piquant dans ta vie en dissimulant de petites expériences ici et là dans la maison. Par exemple, le pet en plat dont tu viens prendre des nouvelles. Tu aimes bien garder ces restes de repas qui se mettent à puer après quelque temps, « oubliés » dans le frigo.

— Salut ! lui dis-tu en ouvrant le couvercle. Pouah ! Je vois que tu es *top shape* ! Une chance, car je m'attache à toi... Ne me quitte jamais, d'accord ?

Certains parlent seuls, toi, tu parles aux brocolis cuits. Chacun ses amis !

Tu trouves ta complicité « végétale » bien drôle et tu replaces ton protégé dans le fond du frigo en rigolant. Tu évites de le bousculer, car à ce stade, le brocoli est très très mou. Il garde sa forme si on y fait attention, mais un seul mouvement brusque et on obtient de la bouillie.

Tu remplis une casserole d'eau, tu la déposes sur le rond chaud et tu sors tes cahiers. Lorsque tu découvres ton horrible devoir de grammaire, tu as l'impression que toute ton énergie te quitte. Grammaire = trou noir. Ça aspire toute la matière et l'énergie et ça les réduit à néant. Tu regardes autour de toi, désemparée, et tu remarques le portable posé sur la table, qui semble entouré de néons publicitaires qui clignotent de mille feux.

« VIENS ! NE ME LAISSE PAS SEUL ! »

« VITE ! INTERNET N'ATTEND PAS LA VRAIE VIE ! »

« LES DEVOIRS, ÇA SERT À ÊTRE REMIS À PLUS TARD ! »

Tu te laisses tenter, en te disant que tu ne surferas pas trop longtemps sur les pages. Que tu feras tes devoirs ensuite, l'esprit plus tranquille.

Tu vas visionner les dernières publications de tes youtubeurs préférés. Chacune de leurs vidéos accumule des milliers de vues, c'est incroyable. Ils sont à l'aise, spontanés, leur chambre ou leur appartement sont au goût du jour, ils sont parfaits. Tu rêves d'être comme eux.

Lorsque tu entends ton père arriver, tu jettes un regard à l'horloge. Ton cœur s'arrête. Est-ce que quelqu'un a avancé l'heure sans te le dire? Est-ce un complot mondial? Tu ne peux pas avoir passé autant de temps devant ton écran! Par chance, tu as eu la présence d'esprit de surveiller la cuisson des pâtes et de les égoutter quand c'était le temps, mais tu ne sais plus depuis combien de temps elles attendent dans la passoire, dans l'évier. La grimace de ton père qui les observe et le fait que toutes les pâtes restent collées ensemble comme un gros motton quand il essaie de se servir te confirment que ça fait un peu trop longtemps. Oups...

— Merci pour les pâtes... La prochaine fois, tu pourrais les mélanger avec la sauce et les laisser au chaud. Ce serait un peu meilleur. Juste un peu...

Tu te sens mal et tu sais que tu mériterais un sermon plus sévère.

Tu aides ton père à mettre la table et tu ranges tes cahiers en te disant que tu dois rattraper ton retard. Ton père ouvre le frigo à la recherche de quelque chose. Il en sort soudain ton petit plat précieux... Tu sais que ça va mal tourner. Tu ne dis rien et tu attends sa réaction.

— POUAH ! Quelle horreur ! Il faudrait vraiment nettoyer le frigo.

Et il balance ton brocoli à la poubelle, sans remords.

— Hey !! t'écries-tu en courant vers le sac blanc pour y plonger la main.

Tu retiens ton geste de justesse, découragée par le contenu gluant du sac.

— Quoi ?

— C'était mon bébé pet. Tu l'as tué.

— Ton quoi ?!

— Ah, laisse faire.

Tu sais déjà quelle vidéo tu enregistreras ce soir. Tu avais des idées de vidéos avec Gustave, mais cela peut attendre encore un peu. Urgence oblige.

CONTINUE AU NUMÉRO 3.

6

Tu as l'impression qu'il te faut une vidéo qui aura plus d'impact qu'une simple présentation... Une grande réalisation qui se propagera toute seule, simplement menée par le génie de sa créatrice. Tu adores les vidéos virales et tu es de celles qui encouragent leur progression à coups de clics. Tu brûles d'envie de tourner tout de suite, mais tu décides d'être sage et de réfléchir, afin de mettre toutes les chances de ton côté.

Tu attrapes une feuille et tu y inscris une tempête d'idées en te posant cette grande question : quelles sont les qualités des youtubeuses que tu aimes suivre ?

- Elles sont sympathiques.
- Elles divulguent leurs découvertes sur des sujets qui les passionnent.
- Elles sont drôles.
- Elles sont belles.

En y pensant bien, tu remarques que la majorité des vidéos que tu partages te font rire. Tu te souviens encore de la petite tortue qui faisait des grimaces ou du gamin qui faisait une chute hilarante. Tu aimes bien rigoler et tes amis aussi. D'ailleurs, tu as du mal à t'imaginer devenir une adulte, car tu trouves que les adultes sont trop sérieux.

Tu regardes autour de toi. C'est difficile d'être drôle sur commande. Tu manques de talent pour faire de bonnes blagues... mais tu es excellente pour avoir des idées étranges ! Tes amis disent toujours que tu es bizarre, que tu as des drôles de goûts et que tu as souvent des réactions anormales. Peut-être que ce serait une bonne idée d'utiliser cet aspect de ta personnalité. D'ailleurs, tu penses au « pet en plat » qui dort dans le frigo et tu es certaine qu'il pourrait te servir... En cachette de tes parents, tu as gardé les restes de brocoli cuit à la vapeur du souper de lundi dernier. Tu les as placés dans un plat hermétique et tu les as dissimulés bien au fond du frigo, derrière un vieux pot de marmelade douteux. Tu pourrais peut-être l'utiliser pour en révéler la recette dans ta vidéo ?

Tu notes le tout et tu continues de parcourir tes pensées, comme si Internet en entier s'y était installé. Tu aurais envie d'avoir un moteur de recherche cérébral et d'y inscrire :

« Meilleure façon au monde d'alimenter une chaîne YouTube en force. »

Ton lapin, Gustave, te saute sur les genoux. Tu caresses son poil soyeux et tu plonges ton regard dans le sien.

— Allô mon tout doux! Quelle bonne idée de venir me faire des câlins! Tu es le plus mignon toutou du monde entier. Si tu étais sur YouTube, tu n'aurais pas besoin de te demander comment devenir populaire. Tout le monde T'ADORERAIT TOUT DE SUITE!

Soudain, ton cœur manque un battement. Tu as l'impression que tu n'as pas besoin de poursuivre ta réflexion, tu tiens déjà deux excellentes idées pour te lancer vers la planète des vedettes de YouTube!

POUR QUE ÇA PÈTE LE FEU DANS UN PLAT,  **VA AU NUMÉRO 2.**

POUR GUSTAVE LA VEDETTE,  **VA AU NUMÉRO 7.**

7

Au lieu de parler de toi dans ta vidéo, tu préfères présenter Gustave. Avec son nez tout mignon, il saura sûrement séduire tes abonnés. Tu décides de leur montrer tout ce que ton petit compagnon peut accomplir. Ton lapin se promène dans ta chambre, inconscient que sa vie va bientôt changer et qu'il deviendra une vedette du Web. Tu vas chercher une banane dans la cuisine, certaine qu'elle aura l'effet escompté. Gustave les adore et il est toujours prêt à faire les plus étonnantes cabrioles pour pouvoir y goûter.

Dès qu'il sent son fruit préféré, il se précipite sur toi. Ton téléphone, installé dans ta bibliothèque, capte tous vos mouvements. Il s'assoit devant toi, attendant sa collation. Tu lui présentes un morceau et il se dresse sur ses pattes arrière. Tu lui permets de croquer une bouchée et il s'en régale. Puisque ses moustaches sont probablement un peu salies par la texture collante du fruit, il se lèche ensuite les pattes et les passe sur son museau. Tu es attendrie et tu espères que les spectateurs le seront aussi. Il part ensuite comme une flèche, effectuant quelques bonds de bonheur. Tu ris de bon cœur et il revient vers toi pour que tu puisses le flatter un peu. Tu le prends finalement dans tes bras et tu l'approches de la lentille.

— Si vous trouvez que Gustave est le plus trognon de tous les lapins, mettez un beau pouce en l'air pour lui donner de l'amour. Pour avoir le bonheur de le retrouver la prochaine fois, abonnez-vous à ma chaîne!

Soudain, tu as une excellente idée. Tu ajoutes:

— En commentaire, écrivez ce que vous aimeriez le voir déguster. Une pomme ou une carotte?

Satisfaite d'avoir trouvé une façon de faire participer tes *fans*, tu arrêtes la vidéo et tu la visionnes tout de suite. Tu trouves que ton éclairage n'est pas idéal; la pièce semble sombre même si tu as pris la peine d'allumer toutes les lumières de ta chambre. Tu devras trouver une solution à ce léger problème... Tu mets ta vidéo en ligne malgré tout: tu préfères donner du contenu fréquent à ton public et t'améliorer tranquillement. Tu choisis tes batailles!

+ 232 vues

CONTINUE AU NUMÉRO 4.

8

C'est fou comme la vie peut changer en moins de vingt-quatre heures. Hier, tu sentais que tu étais sur la bonne voie pour atteindre le succès. Les autres élèves t'admiraient. Ce matin, à l'école, ils n'en ont plus que pour Krykry. Tu la vois, à la cafétéria, entourée de plusieurs filles de ton niveau qui papillonnent autour d'elle.

— Oh Krystelle ! J'aimerais que tu fasses une vidéo pour expliquer comment tu fais pour avoir des cheveux aussi soyeux ! roucoule l'une d'entre elles.

— Tu pourrais aussi nous révéler enfin l'endroit où tu achètes tes t-shirts si originaux ! S'il te plaît ! supplie une autre.

Krystelle garde ses grands airs de mystère, visiblement satisfaite de l'intérêt qu'elle suscite. Elle te remarque et te fait son plus large sourire, digne d'une publicité de dentifrice. Tu retiens ta langue dans ta bouche, elle qui aurait bien envie d'aller prendre l'air et de lui faire la plus belle grimace de ton répertoire.

Elle assène le coup de grâce en se retournant pour parler à Christophe, qui passait près d'elle. Quelle injustice ! Elle lui touche le bras lorsqu'elle lui parle. Leur échange dure quelques secondes, mais c'est déjà beaucoup plus que ce que tu as réussi à faire dans toute ta vie: l'échange le plus long que tu as eu avec lui est de zéro seconde. Un record assez facile à battre...

Ta journée va mal.

Sara et Vincent te rejoignent. Tu te réjouis de les voir arriver. Ça te fera du bien de te vider le cœur avec eux, c'est urgent. Tu n'as même pas besoin d'attendre d'avoir fini ta bouchée de sandwich avant de parler, ta mère n'est pas dans les parages pour te reprendre.

— Avez-vous vu la vidéo de *La belle Krystelle*? La copieuse! Et elle ose mettre ses sales pattes sur BB.

— Pauvre toi, t'es tombée sur la plus folle, se désole Sara.

— Qu'est-ce que je fais maintenant?

— Tu accroches un filet dans le gros arbre près du terrain de soccer, dans la cour. Dès qu'elle passe, ça lui tombe dessus, tu la ramasses et tu l'expédies dans un pays lointain. Bon débarras.

Vincent sourit à pleines dents, fier de son idée. Sara enchaîne:

— Ben non, mon idée est plus simple! Tu paies un pirate informatique pour que dans chacune de ses vidéos, une moustache apparaisse sur son visage et que sa voix sonne comme celle d'un lutin. Elle perdra toute crédibilité.

Tu vois bien que rien de pertinent ni d'utile ne sortira de cette conversation.

Tu quittes tes amis pour passer l'heure du dîner à la bibliothèque, à faire de la recherche pour ta chaîne. Tu réussis à trouver un guide sur le montage vidéo et tu mets la main sur le livre de Mister Magic, un youtubeur célèbre. Ce sera beaucoup plus agréable à lire que le roman plate imposé par la prof de français.

Même si tu tentes de trouver des idées positives, ta rage brûle dans ton estomac. Tu dois réagir à la nouvelle chaîne de ta rivale. Tu mets de côté ta lecture et tu fais le plan de ta prochaine vidéo. Son importance est capitale.

LA VENGEANCE EST UN PLAT QUI SE MANGE FROID?

VA AU NUMÉRO 11.

IL EST TEMPS DE FAIRE PREUVE DE MATURITÉ?

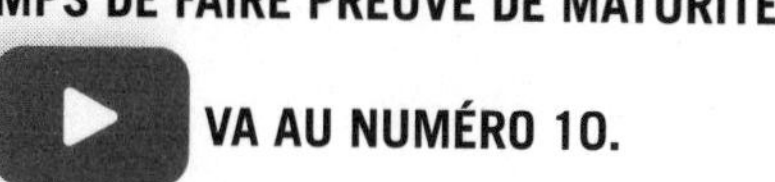

VA AU NUMÉRO 10.

9

À regret, tu supprimes la vidéo et tu en avises Krystelle. Tu essaies de ne pas penser à tous les nouveaux abonnés que tu aurais pu gagner grâce à ta vidéo humoristique...

Le lendemain, à l'école, la tension est palpable. Non seulement Sara et Vincent sont présents de corps mais absents d'esprit, mais il émane de Krystelle une aura noire et destructrice. Tu la vois de loin et tu te sens faiblir lorsqu'elle te remarque et se dirige vers toi, l'œil mauvais.

Elle grince entre ses dents :

— Toé là, t'es ben chanceuse que le gentil policier soit venu dans not' classe la semaine passée pour nous parler des dangers d'être méchant sur Internet. J'démolirais ta petite face en deux secondes sur ma chaîne et je m'organiserais pour que toute l'école sache que t'es amoureuse du prof d'éduc et que t'as des photos de lui dans ta chambre que t'embrasses avant de dormir.

— Mais c'est pas vrai !

— Pfff ! Je m'en fous. Tu pourrais jamais le prouver. Tasse-toé de mon chemin, j'veux plus t'avoir dans les pattes. Continue tes vidéos boboches et laisse les grands vivre leur succès, petite conne.

Et elle tourne les talons. Elle t'aurait giflée que tu ne serais pas moins ébranlée.

Tu rejoins rapidement tes deux amis et tu leur racontes ce qui vient de se passer. Tu avais oublié que parfois, les amis, ça sert à nous brasser la cage un peu.

— T'sais, te dit Vincent, c'était pas fort, ça. C'était évident que tu t'inspirais d'elle. Tout le monde le sait, qu'elle fabrique son parfum, elle en parle tout le temps.

— Peu importe, le mal est fait ! ajoute Sara. C'est pas la fin du monde. Elle est en bâzwelle contre toi, tu as enlevé la vidéo, elle va finir par en r'venir ! *Anyways,* vous n'êtes même pas des amies. Ça change plus rien maintenant. Prochain appel !

Tu aurais espéré qu'ils s'enflamment avec toi. Qu'ils te défendent. Tu affiches une moue boudeuse.

— Ben quoi ? C'est juste une chaîne YouTube ! Tu ne sauves pas des vies ! Tu es encore jeune, arrête de capoter et de prendre ça autant au sérieux. La Krykry, ça va durer un temps et ça va finir.

— Comme presque toutes les chaînes..., ajoute Vincent.

— Merci, dis-tu d'un ton sarcastique. Ça m'aide, ce que vous dites. Je constate que vous croyez vraiment à mon projet.

— On veut juste que t'arrêtes de t'en faire autant avec ça. Ce n'est pas SI important, et là, tu te rends malheureuse et on n'aime pas ça.

Tu les laisses en plan, tu en as assez entendu. Tu te sens vraiment seule mais tu sais que tu peux retrousser tes manches et continuer. Tu leur prouveras que tu peux atteindre le succès.

Tu retournes à ton casier et tu décides d'y faire un peu de ménage, pour te défouler. Tes cartables sont capables de supporter ton manque de délicatesse temporaire. Tu aurais bien envie de refermer la porte sur toi lorsque tu vois Vincent et Sara s'approcher.

— On s'excuse, prononce Sara du bout des lèvres. On y a été un peu fort. Ce n'est pas vrai que ta chaîne va fermer, tu es capable de faire tout ce que tu veux. On va te suivre et te soutenir. Par contre, essaie de ne pas oublier la vraie vie, OK ?

Tu les serres très fort dans tes bras... Ils te sourient et tu es rassurée de retrouver tes deux complices. Que Krystelle te déteste, tu peux vivre avec ça, mais perdre tes amis, ce serait une épreuve insurmontable.

OUBLIE TOUT, RETOURNE AU NUMÉRO 8

ET FAIS UN AUTRE CHOIX.

10

Tu sais bien que se venger est inutile, mais tu imagines quand même les pires idées pour nuire à Krystelle. Peut-être l'imiter en portant une longue perruque laide? Écrire sur sa page Facebook que tu sais qu'elle copie ses devoirs tous les matins avec sa gang de greluches à la cafétéria? Penser à ces scénarios te fait du bien, mais tu sais, au fond, que tu ne feras jamais rien de tout ça. Tu dois trouver une solution qui va te propulser vers l'avant et la laisser loin derrière.

Tu repenses à tes youtubeurs préférés. Ils ont tous un petit quelque chose de différent, quelque chose qui les caractérise. Ils sont très beaux, très drôles, très originaux... Toi, qu'as-tu de particulier? Tu es plutôt normale... Peut-être qu'au fond, tu n'as pas la trempe d'une future vedette du Web...

Tu te couches sur ton lit, découragée. Ta chambre n'a rien de celle de Lili la Vie, qui est toute blanche avec de mignons accents de couleurs. Est-ce que ça prend un décor sorti tout droit d'un catalogue pour avoir plus d'abonnés? Tes murs sont ternes et ton bureau est surchargé de vieux devoirs, de bibelots laids et de vêtements simili propres. Tu y trouves une paire de lunettes colorées que tu portais au dernier party costumé chez Sara, et tu te recouches sur ton lit.

Ton téléphone à la main, tu actionnes la caméra et tu vois apparaître ton visage et tes lunettes bizarres sur l'écran. Tu décides d'enregistrer tes pensées, juste pour le plaisir.

— *Salut ! Quand on voit la vie en noir et blanc, il paraît qu'il faut mettre des lunettes colorées. Je vais essayer. Je ne vois pas vraiment de différence présentement… Il faut attendre longtemps avec ça sur le visage ? J'ai eu une journée poche et je pense que je n'ai pas ce qu'il faut pour devenir une grande youtubeuse. Je vais effacer cette vidéo dans trois secondes. Ça ne sert à rien tout ça…*

Gustave profite de ce moment de déprime pour sauter sur ton lit et venir te lécher le bout du nez. Il cogne son museau avec insistance sur tes lunettes et tu éclates de rire. Tu continues ta conversation avec ton public invisible et ton lapin en même temps.

— *Toi aussi, tu veux des belles lunettes, mon Gugusse ? La solution, pour la bonne humeur, ce n'est peut-être pas de porter des lunettes colorées, mais simplement de recevoir le bisou d'un lapin.*

Comme s'il en était fier, Gustave exécute une cabriole hilarante et tu termines ta vidéo sur un deuxième éclat de rire.

Wow ! Quel beau moment ! Tu décides de garder la vidéo en souvenir. Tu la visionnes et tu t'aperçois qu'elle pourrait peut-être intéresser tes *fans.* Elle est un peu déprimante au début, mais elle se termine bien. Tu n'as rien à perdre, ta carrière est déjà compromise par le nouvel engouement des gens pour la chaîne de « La KriChtelle ». Tu la mets en ligne et tu te forces à compléter ton travail de français. La vie plate d'une ado plate et sans avenir.

Tu réussis à passer à travers ta corvée en deux heures. Pendant ce temps, tu n'as même pas daigné regarder les réactions générées par ta vidéo. Plus par réflexe qu'avec espoir, tu vas voir comment ça se passe.

CONTINUE AU NUMÉRO 16.

11

Avant de lancer ta chaîne, tu tournais toujours en rond à la maison. Tu ne savais pas quoi faire de ta vie. À part texter, lire tes magazines et accomplir tes tâches ménagères (yeurk!*)*, tu errais sans but et tu avais toujours hâte de retrouver tes amis. Maintenant, tu voudrais passer tout ton temps à la maison, enfermée dans ta chambre, à réfléchir à ta carrière de youtubeuse.

Tu as trouvé une excellente façon de riposter à l'attaque de Krykry. Tu profites de l'absence de tes parents pour aller tourner ta vidéo dans la cuisine. Tu sors le jus de citron, le tabasco, le sel et le poivre, des gousses d'ail et de l'essence de vanille. Tu les places bien en vue face à ton cellulaire que tu as disposé en équilibre au bout du comptoir. Tu apportes aussi le bouquet de fleurs en plastique qui décore ta chambre depuis mille ans, tu vides un vaporisateur de produits nettoyants dans le lavabo (il en restait juste un peu au fond, ce n'est pas si grave!) et tu vérifies devant le miroir si tu n'as pas une couette de travers ou un grain de poivre entre les dents.

Tout est prêt! Action!

— Salut ! Aujourd'hui, c'est enfin le moment de te présenter mon premier DIY ! Comme je préfère plutôt parler français et que DIY, je trouve que ça se dit mal, je vais rebaptiser le concept. Avec moi, vous ferez des FLTS, des « Fais-le tu seul » ! C'est donc avec une grande fierté que je te présente ma recette secrète de parfum maison. Une de mes grandes amies s'en fait aussi, et elle sent tellement bon que toutes les moufettes veulent déménager chez elle. Ça m'a inspirée ! C'est hyper simple et dorénavant, tu ne pueras plus, ça te donnera presque des pouvoirs surnaturels !

Chacun de mes ingrédients a été choisi avec soin pour ses propriétés spéciales. Dans un bol (tu montres le bol), *mets quelques gouttes de jus de citron* (tu en mets un gros pouiche). *Le citron, c'est un ensorceleur. Avec lui, tu sens la salle de bain propre et ça met les gens en confiance. Ensuite, tu ajoutes une goutte de tabasco, pour mettre du piquant dans ta vie et montrer à tout le monde que tu as une personnalité de feu ! C'est bouleversant ! Puis, tu écrases une gousse d'ail…*

Tu prends une gousse, tu donnes un gros coup de poing dessus. Elle ne s'écrase pas. Tu appuies sur la gousse, en vain ; tu es incapable de l'écraser.

— … ou tu la mets direct comme ça dans ton mélange. Avec l'ail, aucun vampire n'aura jamais envie de te mordre. Terminé les cauchemars ! C'est magique !

L'ingrédient le plus important: LA VANILLE! Ça sent vraiment bon, tu peux en mettre beaucoup.

Tu en échappes une goutte sur ta main, tu y goûtes et tu grimaces.

— *Ça sent bon mais ça goûte la fin du monde. C'est ça qui est fou avec la vanille, c'est comme un ingrédient à deux faces, hypocrite. J'en connais, du monde de même! Tu ajoutes des fleurs de ton choix, tes préférées idéalement. Les fleurs, c'est ES-SEN-TIEL!*

Tu arraches une fleur de plastique de la fausse plante et tu la jettes dans le bol.

— *On peut mettre du sel et du poivre au goût. Si ça rehausse les saveurs, ça doit sûrement faire la même chose avec les odeurs! Finalement, tu mets ça dans un push-push, tu brasses la bouteille et tu es prêt à devenir la personne à l'odeur la plus cool de l'école. Bonus: tu vas pouvoir aller aux partys de moufettes avec mon amie! C'est un parfum unisexe, envoûtant pour les gars et les filles. Avec lui, tu vas avoir plein de nouveaux amis et tu vas sûrement te faire un chum ou une blonde!*

Tu termines la vidéo en vaporisant ta recette avec le gros contenant dans ton cou et tu t'en mets dans les yeux par inadvertance. Tu te rends compte que tu aurais dû rincer le contenant parce qu'il restait encore un peu de savon à l'intérieur, et tu coupes en catastrophe en essayant de ne pas avoir l'air de paniquer parce que tes yeux vont tomber.

Tu rinces tes yeux irrités à grande eau. Une fois remise des émotions, tu t'aperçois que tu sens vraiment mauvais. Tu visionnes rapidement ta vidéo, tu la mets en ligne en annonçant «Mon premier *Fais-le tu seul!*» et tu cours prendre une douche.

Après de longues minutes passées sous l'eau chaude à te savonner, tu as enfin l'impression que tu as réussi à te débarrasser des effluves nauséabondes qui te collaient à la peau. En fait, celles qui étaient sur toi... En entendant la réaction de ta mère, tu te doutes bien que l'horrible odeur a envahi toute la cuisine.

CONTINUE AU NUMÉRO 13.

12

Ce n'est certainement pas Krykry qui va te dire quoi faire ! Les grands youtubeurs ne font pas toujours l'unanimité, ça fait partie du métier. Tu ignores son message. Après réflexion, tu décides de laisser la vidéo en ligne, pour quelques jours du moins, mais tu vas essayer de trouver une solution à tous ces commentaires méchants qui continuent de s'inscrire sous ta vidéo. Même si tu n'aimes pas Krystelle, tu ne souhaites pas être le canal d'autant de haine dirigée vers elle.

Après quelques recherches, tu trouves un tutoriel qui explique comment supprimer les messages haineux en quelques clics. Voilà ! Tu as fait ta part pour la protéger, et ta vidéo peut rester sur le Web. C'est le meilleur des deux mondes ! Une fois les mauvais commentaires effacés, la conversation se calme et tout semble redevenir normal.

Tu vaques à tes occupations lorsque ça sonne à la porte. Tu entends ta mère discuter avec quelqu'un. Un instant plus tard, elle t'invite à aller la rejoindre ; son ton te laisse une drôle d'impression. À travers les barreaux de l'escalier, tu vois un homme portant un uniforme de policier, assis à la table de la cuisine. Tu repenses aux derniers jours. Tu n'as pas volé de tablette de chocolat au dépanneur, tu as roulé du bon côté de la route à vélo, tu traverses toujours (presque) aux passages pour piétons... À moins qu'il soit arrivé quelque chose de grave à un de tes amis? Ton sentiment d'inquiétude grimpe assez haut pour coincer les sons dans ta gorge. Tu descends rejoindre ta mère et le policier dans la cuisine.

— Qu... qu'est-ce qui se passe?

Le policier se lève et se présente en te tendant la main:

— Salut, je suis l'agent Pépin. Je suis ici pour une enquête de libelle diffamatoire. Les parents de Krystelle Blais nous ont informés que tu avais mis une vidéo sur YouTube qui portait atteinte à la réputation de leur fille. L'enquête a permis de démontrer que tu es la gestionnaire de la chaîne et j'ai pensé venir te parler avant que ça aille trop loin. Les parents n'ont pas encore porté plainte au criminel, mais ils y songent. Je suis ici pour m'assurer que tu es consciente des conséquences possibles de ton geste avant que ça aille trop loin.

Tu te sens défaillir. Alors que tu t'attendais à un regard de fureur venant de ta mère, tu perçois plutôt une grande déception et ça te fait plus mal encore. Elle ne semble pas avoir l'intention d'intervenir dans la discussion, ni de te porter secours. Elle prononce une seule phrase, d'un ton sans appel:

— Je veux voir la vidéo.

Tu demandes à l'agent la permission d'aller chercher ton ordinateur et il acquiesce. Tes mains tremblent, tes jambes sont molles, ton cœur bat dans tout ton corps. La police est ici pour TOI ?

Les minutes qui suivent sont insupportables. Ta mère et l'agent regardent la vidéo, sans un mot. Tu te regardes à l'écran et tu te sens extrêmement ridicule. Ta mère lit ensuite les commentaires. Tu es vraiment heureuse d'avoir supprimé les plus extrêmes il y a à peine quelques minutes !

— Je ne comprends pas ce que vous m'avez dit, tantôt, à propos des commentaires, confie ma mère à l'agent. Je ne vois rien de spécial...

L'agent sort une feuille d'une enveloppe, la lui présente et se tourne vers toi.

— On a vu beaucoup de commentaires qui ont été mis sur la page, qui prouvent que ça a dégénéré...

— Oui, j'en ai supprimé plusieurs. Je trouvais que les gens y allaient un peu fort.

Pendant sa lecture, ta mère blêmit. Tu crois qu'elle va se mettre à pleurer, mais elle tient bon.

— Écoute, poursuit l'agent. Tu ne nommes pas Krystelle dans ta vidéo, mais tu donnes assez d'indices pour que les gens la reconnaissent. La preuve, il y a eu une dégringolade de messages haineux dirigés précisément contre elle.

— Mais je les ai effacés...

— Oui, c'était une bonne réaction. Par contre, le simple fait de mettre ce clip en ligne a enclenché un processus qui est difficile à arrêter et... le mal est fait. Ta vidéo a provoqué de la cyberintimidation envers Krystelle, et ses parents envisagent un recours au civil. Ce n'est pas à mon niveau et pour l'instant, il n'y a pas de plainte au criminel. Je viens surtout pour te mettre en garde avant une escalade qui générerait d'autres problèmes. Ma visite est davantage un avertissement qu'une procédure officielle.

Ton monde s'écroule. Ta mère ne semble plus être capable de tenir sa tête sans l'aide de ses mains.

Tu te sens comme une criminelle.

L'agent poursuit son monologue:

— Une poursuite au civil viserait à dédommager la victime qui est, dans ce cas-ci, Krystelle. Cela peut coûter plusieurs milliers de dollars.

Ta mère craque et déverse une bonne quantité de larmes sur son chandail. Tu t'imagines pauvre pour le reste de tes jours, à vagabonder dans les rues, à quêter pour manger, pendant que Krystelle roule dans une voiture luxueuse et se paie la grosse vie. Des milliers de dollars, c'est combien? Cinq mille? Dix mille? Cent mille?! Quelle horreur!

CONTINUE AU NUMÉRO 15.

13

— Qu'est-ce que c'est, tout ça?! demande ta mère en pointant le bazar sur le comptoir. Et quelle est cette odeur infecte?

Tu dois réfléchir à toute vitesse. Tu as vraiment fait une erreur de débutante en laissant tout traîner. Tu n'es pas prête à annoncer à tes parents que tu gères maintenant ta propre chaîne YouTube, mais tu laisses tes traces partout. Bravo la grande!

— Euh, c'est une expérience pour mon devoir de sciences.

— Bien, tu vas me faire le plaisir d'ouvrir les fenêtres et de ramasser tout ça tout de suite, parce que tu vas faire l'expérience de ma colère.

Et elle s'enfuit en s'agitant la main sous le nez, l'air catastrophé. Par chance, elle n'a pas eu envie de te poser d'autres questions du genre: «Ah oui, puis-je voir ton rapport?» ou «Et ton intention était de découvrir quel phénomène, au juste?» Tu ramasses le tout sans avoir besoin de te le faire répéter. Ton père arrive bientôt, et il aura peut-être plus envie que ta mère de jouer au détective, ce dont tu n'as pas vraiment besoin. Tu craques une allumette dans la cuisine et tu l'éteins aussitôt, inspirée par tous ces gens qui font ça dans la salle de bain, pour masquer l'odeur d'un numéro deux gênant. En général, tu trouves ce truc assez ordinaire : ça fait que ça sent plutôt le numéro deux en feu, ce qui est bien pire que l'odeur originale, à ton avis. Mais cette fois-ci, tu n'as rien à perdre.

Tu laisses derrière toi un comptoir qui brille de propreté et un doux vent de fraîcheur qui entre par les fenêtres. Tu peux enfin aller dans ta chambre pour découvrir les réactions suscitées sur les réseaux sociaux par ta nouvelle vidéo.

Tu n'as JAMAIS eu autant de vues et de commentaires. Youpi ! Tu les fais défiler devant tes yeux, ravie.

Ben Bou : *Trop drôle ! Est-ce qu'on peut ajouter du vinaigre si on aime l'odeur des chips au vinaigre ?*

Alice Fortin : *Haha ! Tu as les yeux vraiment rouges à la fin !*

Mathilde Bessette : *Pouhaha ! La bouteille de parfum géante !!!*

Laurie Bertrand : *J'espère que tu vas le porter à l'école demain ! Tu devrais en vendre !*

Des dizaines de commentaires positifs s'accumulent sous ta vidéo. Tout va bien, jusqu'à ce que tu lises ce commentaire :

Alexis the great : *On pourrait croire que c'est la même recette que le fameux parfum de @Krystelle !*

À partir de ce moment, c'est la dégringolade. Toi qui croyais que tout le monde aimait la jolie rouquine, tu t'aperçois que ce n'est pas le cas. Et que ceux qui ne l'aiment pas ne se gênent pas pour la démolir, cachés derrière leur écran.

Guillaume Gardiendebut : *@Krystelle, tu devrais t'inspirer de cette vidéo. Cette recette doit sentir meilleur que la tienne !*

Alexis the great : *Bon ! Enfin ! Depuis le temps que je trouve que ça pue, son affaire. Heureux que quelqu'un le dise enfin ! #krystellepueentiti*

Même si tu ne l'as pas nommée dans ta vidéo, tu sais bien, au fond, que tu as créé cette capsule en t'inspirant d'elle. Pour la parodier, un peu. Une blague. Une mini blaguette, même. Maintenant, tu te sens vraiment mal à l'aise. Les commentaires méchants s'accumulent et tu ne sais pas comment gérer ça. Un signal sonore te tire de ton angoisse pour t'aviser que tu as reçu un message… de Krystelle.

« T'ES RIEN QU'UNE VACHE ! »

Tu es sonnée par tant de rancœur. Bon, d'accord, tu ne l'aimes pas vraiment, mais tu ne lui souhaites pas de malheur non plus.

« Je suis désolée, ce n'est rien contre toi... »

« T'ES JUSTE UNE JALOUSE CONNE FINIE. ENLÈVE TA VIDÉO PIS ÇA PRESSE ! »

Tu regardes les vues qui grimpent toujours et le nombre de tes abonnés qui augmente. Peut-être est-ce le début de ta popularité... ? On dit toujours qu'on ne fait pas d'omelettes sans casser des œufs. Les grands youtubeurs ont sûrement déjà fait des erreurs...

Ta petite voix te dit qu'il faut enlever ta vidéo. Tu n'aimerais pas être à la place de Krystelle, et tu ne veux pas devenir populaire de cette façon. Tu as fait une erreur et tu dois la réparer. Mais... ça implique de perdre des abonnés potentiels. Il faut bien réfléchir aux impacts de ta décision. Et la Krykry, elle, n'a jamais été ton amie, alors même si elle est fâchée, tu peux vivre avec ça...

+ 917 vues

SI TU DÉCIDES DE LAISSER LA VIDÉO VIVRE ENCORE QUELQUES JOURS,

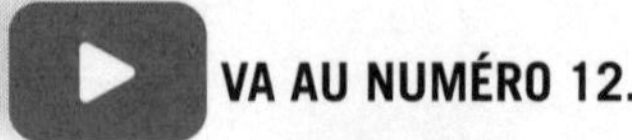

VA AU NUMÉRO 12.

SI TU ENLÈVES LA VIDÉO, VA AU NUMÉRO 9.

14

Enfin ! Les vacances sont arrivées ! Dans les films pour ados, à la fin de l'année scolaire, il y a toujours un party incroyable où toute l'école est invitée, dans une superbe maison de riches avec la piscine creusée, le DJ et les parents absents. Tu ne sais pas si la clientèle de ton école est trop pauvre ou si ce genre de party n'existe que dans les films, mais ton party de fin d'année a ressemblé davantage à un souper pizza avec Sara, Vincent et tes parents, suivi d'un film, bien tranquille dans le sous-sol. Rien qui mérite vraiment qu'on en parle. Il ne s'est rien passé de spécial. Vous n'avez pas déroulé des rouleaux de papier de toilette dans les arbres, vous n'avez pas bu de boisson douteuse et tu n'as pas embrassé ton meilleur ami pour mettre un peu d'action dans la soirée. Rien. Niet. Une pizza, un film, le début des vacances. Fin de l'anecdote qui n'a même pas la prétention d'être intéressante.

Tu profites des quelques jours de congé qu'il te reste avant que la petite ne termine sa maternelle et que tu doives surveiller et animer les enfants trois jours par semaine. Déjà traumatisée par ta première expérience, tu n'es pas pressée de commencer ton contrat. Quel bonheur que le secondaire se termine plus tôt que le primaire !

Tu occupes donc tes premières journées libres à régler un problème qui t'agace. Tu crois bien que ton rêve voulait te passer un message. Tu décides de l'écouter et de t'en occuper le plus rapidement possible, mais avant, le devoir t'appelle!

SI TU DÉCIDES DE PARLER DE TA CHAÎNE À TES PARENTS,

VA AU NUMÉRO 17.

SI TU T'ATTAQUES À L'APPRENTISSAGE DE LA TECHNIQUE,

VA AU NUMÉRO 21.

15

Pendant que les montants exorbitants te passent dans la tête, ta mère sort de son mutisme et discute avec l'agent. Tu ne sais plus quoi dire, ni quoi faire. Ta vie est finie. Elle est finie parce que tu deviendras une itinérante. Parce que ta mère va te renier et... parce que quand ton père rentrera à la maison, il va te tuer. C'est sûr.

Les minutes s'égrènent et tu ne réussis plus à suivre la conversation, qui se passe maintenant en « mode adulte », comme si tu n'existais plus. Puisque c'est aussi ton impression, d'être en train de disparaître, tu ne cherches pas à attirer l'attention. Tu en as déjà assez fait.

Après ce qui te semble des heures, l'agent quitte enfin la maison. Tu te lèves comme une automate, tu lui serres la main par politesse, en espérant améliorer l'image qu'il a de toi, celle d'une petite chipie qui se sert du Net pour régler ses comptes. Ce que tu es, finalement.

Dès que la porte se referme derrière lui, ta mère s'assoit par terre et s'adosse au mur.

— Maman...

— Tu vas me faire le plaisir d'aller supprimer cette vidéo, IMMÉDIATEMENT! Ainsi que ta chaîne et tout ce qui se supprime et te concerne sur Internet. Tu m'apportes tout de suite ton ordinateur. Il sera désormais le mien et tu pourras l'utiliser seulement sous ma supervision, dans un cadre scolaire. Tu viens de me prouver que tu n'as pas la maturité d'en faire l'usage de manière autonome. Prends ça comme une perte de confiance et une punition en même temps. En plus, tu m'as menti à propos de ta «supposée» expérience. J'ai eu l'air d'une vraie folle devant le policier, d'une mère qui ne sait pas du tout à quoi s'adonne sa fille.

— Mais...

— Oh non, ma fille. Je n'accepterai aucune explication, aucun rouspétage d'adolescente. Tes gestes parlent pour toi, les faits sont contre toi. Je vais tenter de recoller les pots cassés avec les parents de Krystelle. Je vais essayer de t'aider dans un moment où j'aurais bien envie que tu paies le prix de tes décisions. Tu as de la chance, je ne le referai pas deux fois.

Elle te demande de lui donner le numéro de Krystelle et de la laisser seule ensuite pour qu'elle appelle sa mère. Tu insistes pour être témoin de la conversation, mais son regard est sans équivoque. Tu t'enfermes dans la salle de bain et tu tentes de saisir des bribes de la conversation. Au début, simplement par le ton de ta mère, tu comprends qu'elle se démène pour calmer le jeu. À coups de « madame Blais » polis, elle semble réussir, après quelques minutes, à avoir une discussion plus posée. Tu n'entends pas tout, mais les quelques « ça ne se fait pas », « erreur de jeunesse », « encadrement plus serré » te font craindre le pire (le festival des punitions ne fait que commencer, c'est certain !). Cependant, ta mère semble sur la bonne voie pour adoucir celle de Krystelle. Lorsque tu entends enfin les mots « merci énormément ! » et « reconnaissance éternelle », tu respires un peu mieux. Le silence s'installe dans la cuisine et tu te risques à sortir de ta cachette. Ta mère pleure doucement, assise à la table. Tu n'oses pas la questionner. En fait, tu ne sais pas du tout comment l'approcher, tu as peur qu'elle t'explose à la figure ou qu'elle se casse en mille miettes.

Elle ne lève même pas les yeux vers toi et murmure :

— Tout est réglé. Ils ne feront pas de plainte officielle. Maintenant, laisse-moi tranquille et va régler le compte de ta chaîne. J'ai besoin d'attendre le retour de ton père pour mettre de l'ordre dans mes idées. C'est terminé avec eux, mais c'est loin d'être terminé avec nous, sois en sûre !

Tu t'éclipses dans ta chambre et tu peux enfin pleurer pour laisser sortir toute la honte, la tristesse et le désespoir qui t'habitent depuis la venue du policier. Une fois que tes sanglots s'apaisent, tu t'assois devant ton ordinateur et, en quelques clics, tu vois l'option « Supprimer la chaîne » apparaître sous tes yeux. Tu ne peux pas croire que ça se termine ainsi. Tu regrettes tes mauvaises décisions, celles qui ont mené à la destruction de ton rêve. Tout est de ta faute et tu ne peux rien y changer. Tes parents ont toutes les munitions pour t'interdire de sortir, te surcharger de tâches ménagères et te pourrir la vie jusqu'à tes dix-huit ans... Tu l'as bien cherché.

C'EST LA FIN DE TA CHAÎNE YOUTUBE.

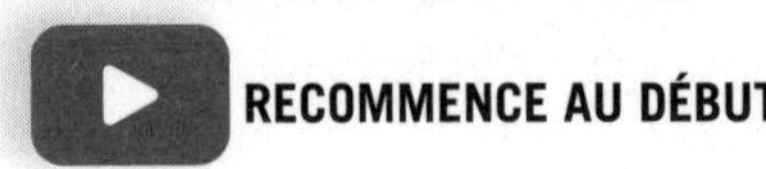

16

C'est la folie! La liste des commentaires s'allonge sur plusieurs pages. Les gens sont touchés, attendris, empathiques, encourageants, c'est capotant!

Lilou la fée: *Moi aussi, j'ai eu une mauvaise journée. Ça arrive! Demain, tout ira mieux! Tu es chanceuse d'être la propriétaire d'un lapin si mignon qui te remonte le moral!*

Donovan: *Cool, tes lunettes! Tu n'as pas peur du ridicule! Hahaha!*

Sara Soleil: *Awww, Gustave! Je m'ennuie de toi! Tu es trop cuuuute!!!!*

Licorne gothique: *Une chance que tu ne l'as pas effacée!*

Tu lis les commentaires, un à un. Tu réponds à chacun par un petit message personnalisé. Ton cœur bat à toute vitesse, tu es toute chamboulée! Tes drôles de lunettes et Gustave font un duo du tonnerre. Tu es sur une bonne piste. Tu décides de te retrousser les manches et de poursuivre ton rêve. Personne n'a dit que ça allait être facile. Mais à voir ces réactions, tu as l'impression que tout est possible.

+ 1658 vues

Répondre à tous prend beaucoup de temps et de nouveaux commentaires continuent de s'accumuler. Tes yeux se ferment et tu t'endors sur ton clavier. Tu rêves que tes abonnés se multiplient, que le compteur tourne et surchauffe. Ensuite, tu te retrouves dans un endroit sombre où tu tentes de tourner une capsule, mais rien ne fonctionne. Bien que tu sois en train de te filmer, tu n'apparais pas sur l'écran, comme si tu étais invisible. Lorsque tu essaies d'appuyer sur les touches de ton téléphone, elles se déplacent et il est impossible de les utiliser. Tu te retrouves ensuite dans un autre rêve où tu veux montrer tes vidéos à tes parents mais elles sont toutes très sombres, presque noires, et ta voix est étouffée par des bruits étranges.

Tu te réveilles en sursaut. Tu te lèves de ta chaise pour aller t'écrouler sur ton lit. Tant pis pour le pyjama, tu n'as plus d'énergie pour l'instant.

⌄⌄⌄

Les jours passent et tu n'as pas beaucoup de temps à investir sur ta chaîne. Ça te rend vraiment nerveuse, tu te sens tout près de la crise de nerfs. Les examens de fin d'année font déborder ton horaire. Entre l'étude, les heures suffocantes à passer dans des locaux trop chauds à se casser la tête une dernière fois sur les sciences et les moments de pause entre amis à se prélasser sous les doux rayons du soleil (tu n'as pas le choix de leur accorder un peu de temps, sinon ils te remettront tes absences sur le nez – ils sont pires que le directeur de l'école pour l'assiduité...), ton ordinateur patiente et attend ton retour. Tous ces *fans* et ce contenu inspiré qui n'attendent que toi, ça te donne mal au ventre. Tu t'es promis que tu occuperas tous les temps libres de ton été à faire grandir la vedette du Web qui se cache en toi.

Ton rêve étrange te suit encore. Tu ne sais pas pourquoi il t'a laissé une mauvaise impression. Peut-être est-ce un rêve prémonitoire? Tu n'as jamais eu l'aptitude de faire des rêves qui révèlent des événements à venir, mais tu te dis qu'il n'est jamais trop tard pour qu'un don te tombe dessus.

En fait, deux éléments te tracassent dans ce rêve: la présence de tes parents et les problèmes techniques. Ton inconscient vit probablement mal avec le fait que tes parents ne sont pas encore au courant de ton grand projet. Tu crains leur réaction, pas besoin d'un rêve bizarre pour le savoir.

Pour te rassurer et te prouver que tes vidéos mises en ligne ne sont ni sombres ni inaudibles, tu t'installes pour les visionner une après l'autre, un soir, au retour d'un examen de mathématiques particulièrement exigeant. Rien de mieux pour se reposer les neurones que de se promener sur YouTube.

Ta première vidéo a été mise en ligne il y a quelques semaines. Tu regardes chacune avec un brin d'émotion. Tu te surprends à rire de tes propres blagues. Tu es soulagée de ne pas être face à la catastrophe cauchemardesque. Pourtant, quelques détails t'agacent. Tes vidéos ne sont pas aussi lumineuses que celles des vrais youtubeurs. Le volume semble parfois monter et descendre tout seul, le public perd donc quelques bouts de tes phrases ici et là. Et, tu dois te l'avouer, c'est bien beau la spontanéité, mais un minimum de montage pourrait rehausser la qualité de ce que tu diffuses. Non seulement tu devras passer ton été à réfléchir à ta chaîne et à son contenu, mais tu devras aussi t'appliquer à améliorer la technique, en plus de fournir du contenu à tes *fans* pour rendre ta chaîne vivante. Ils seront alors complètement fous de toi !

Tu ranges ces projets dans un coin de ta tête et tu replonges dans ta fin d'année scolaire. Ça achève !

D'ailleurs, puisque tu rêves de voler de tes propres ailes et que tu sais que tu auras probablement à investir tes économies pour améliorer la technique de tes vidéos YouTube, tu as trouvé un emploi d'été de gardienne d'enfants. Avant seize ans, il est impossible d'avoir une vraie job. Tu t'occuperas donc de tes deux petits voisins de deux et six ans. Tu aimes beaucoup les enfants... sauf eux. Ils ont un petit quelque chose de diabolique dans l'œil et, pour être franche, ils te font un peu peur. Leurs parents ressemblent à des zombies et ils ne réagissent JAMAIS aux mauvais coups de leur progéniture...

Pour que les enfants se familiarisent avec toi avant le début des vacances, tu as le «plaisir» d'aller les garder samedi.

Anecdote de gardiennage

Jour 1

C'est la première fois que tu gardes Ausséyane et Rheno. Dès ton arrivée, leur mère, Nathalie, t'annonce une grande nouvelle qui te donne envie de démissionner sur-le-champ:

— Nous avons décidé de commencer l'apprentissage de la propreté, cet été, avec Rheno. Interdiction de lui mettre une couche, sinon tous nos efforts seront anéantis... Merci de ta précieuse collaboration. Tu verras, ça ira bien. Il est vraiment bon! Bonne journée! Ah oui! Ausséyane n'a pas le droit de manger des bonbons! Bebye!

La porte se referme et tu regardes les deux marmots qui te dévisagent de leurs grands yeux d'enfants abandonnés par leur mère. Rheno se lance vers la porte et fond en larmes. Tu essaies de le consoler du mieux que tu peux et tu remarques que tu es déjà en train d'épuiser les réserves de mouchoirs de la maison. Comment un si petit corps peut-il contenir autant de morve?

Tu réussis à lui faire oublier son malheur en lui parlant de camions. Il s'anime immédiatement et en oublie son chagrin en un claquement de doigts. Tu prends une note mentale pour la prochaine crise. La clé du bonheur s'appelle camion.

Tu laisses le petit à ses jeux et tu vas voir à quoi s'occupe sa grande sœur. Tu fais le tour des pièces de la maison en appelant son nom. Aucune trace de la fillette. Tu jettes un œil nerveux par la fenêtre, inquiète qu'elle se soit faufilée à l'extérieur. La panique gagne ton esprit. Perdre un enfant lors de sa première journée de gardiennage, ce n'est pas l'idéal pour garder un emploi. Au moment où tu songes à téléphoner aux policiers pour demander du renfort, tu entends un craquement qui provient d'une armoire de la cuisine. Tu l'ouvres et tu trouves Ausséyane assise sur la tablette, un gros sac de jujubes sur les genoux, la bouche pleine à craquer.

Tu lui enlèves le sac et, au lieu de piquer la crise à laquelle tu t'attendais, elle te fait le plus beau des sourires.

— Ché pas grave, il y en a plein d'autwes. Tu connais pas les cachettes. Moi oui.

Elle s'enfuit avec sa petite face de terreur. Tu n'as même pas le temps de te demander comment tu pourrais filtrer la boucane qui te sort par les oreilles pour réduire les gaz à effet de serre, que tu entends :

— Oups... pipi...

Une petite peste et une usine à urine. C'est eux que tu vas désormais garder.

Tu sens que tu vas passer un bel été.

RECULE AU NUMÉRO 14.

17

Tu n'es pas du genre à cacher des choses à tes parents. Ils t'ont élevée à coups de grands discours sur l'importance de la confiance, celle qui peut se briser en un clin d'œil et prendre douze siècles et demi à rebâtir. Posséder une chaîne YouTube n'est pas très grave, tu n'as tout de même pas décidé de vendre un de tes reins pour la financer. Mais quand même, tu te sentirais mieux si tes parents étaient au courant et si tu n'avais plus besoin de te cacher pour créer tes vidéos. Tu crains qu'ils découvrent ton secret par eux-mêmes pendant leurs vacances, puisqu'ils seront plus présents à la maison.

Tu attends leur retour du travail avec des papillons dans le ventre. Tu as posé ton portable sur la table et tu dresses la liste des points positifs de ce projet, car tu redoutes que tes parents en fassent une de points négatifs. Ils sont vraiment bons pour inventer des objections en quelques secondes, et en plus, ils seront deux contre toi. Plus tu y penses, plus tu t'inquiètes de leur réaction et plus tu ressens le besoin de te préparer le mieux possible.

Liste des points positifs de ta chaîne YouTube :

- C'est ta passion. C'est important de faire ce qu'on aime.
- Certains youtubeurs en vivent très bien. C'est un vrai métier.
- Tu tournes tes capsules à la maison. Jamais besoin de leur demander des lifts.
- C'est peu coûteux. Une passion pour la compétition de moto-cross est beaucoup plus dispendieuse ! (Vous avez récemment regardé un documentaire sur un ado de ton âge qui parcourt le monde à cause de son sport et qui a six zézettes différentes. Ses parents consacrent toutes leurs économies à sa passion. Tes parents ont trouvé ça intense. C'est un excellent moment pour leur faire constater leur chance !)
- Aucune implication de leur part n'est requise.
- Un jour, ils seront vraiment fiers de dire que leur fille est la célèbre youtubeuse connue dans le monde entier. Peut-être même qu'ils pourront voyager avec toi et, avec ta fortune, tu leur achèteras plein de cadeaux. (Bon, tu te doutes bien que cet argument sera remis en question, mais tu n'as rien à perdre.)

Tu entends la voiture de ta mère tourner dans la cour. Tu sais que ton père arrivera d'ici quelques minutes. Tu affiches ton plus beau sourire lorsque ta mère met le pied dans la maison.

— Allô maman !

Tu te précipites pour l'aider à se débarrasser de ses sacs. Ta mère est toujours chargée comme un mulet lorsqu'elle revient du travail. Son portable, sa sacoche, son sac à lunch, et une pile de dossiers qu'elle transporte matin et soir sans que tu aies l'impression qu'elle augmente ou diminue. Peut-être que ces dossiers sont vides et qu'ils ne font que donner l'impression que ta mère est occupée ? C'est peut-être pour montrer à son patron qu'elle apporte du travail à la maison ? C'est ce que tu te demandes pendant que tu places les contenants vides de son lunch dans le lave-vaisselle.

— Ben voyons ! Depuis quand tu défais mon sac à lunch ? Wow ! Vive les vacances, on va en profiter !

Tu ignores son commentaire désobligeant et tu lui verses un verre de rosé. C'est là que tu te rends compte que tu en fais peut-être un peu trop.

— Ça va, ma pitchounette ? Je te trouve très étrange… C'est la première fois DE TA VIE que tu me sers du vin. As-tu quelque chose à te faire pardonner ?

— Ben non ! J'ai le droit de gâter ma mère qui travaille fort !

(Tu fais mentalement la liste de toutes les raisons pour lesquelles tu pourrais lui demander pardon :

- La cicatrice sur son ventre causée par ta naissance par césarienne.
- Les cernes causés par les nuits blanches lorsque tu étais bébé.
- Ta responsabilité jamais avouée dans le décès de sa plante, sur laquelle tu avais versé du vinaigre « juste pour voir ce que ça fait ».
- La mystérieuse disparition de son baume à lèvres aux cerises que tu as mangé en cachette lorsque tu avais cinq ans.)

Elle te regarde d'un air étrange pendant que tu tournes en rond en attendant l'arrivée de ton père.

— Tu as reçu ton bulletin et tu as un échec qui te force à recommencer en cours d'été ?

— Non, non, Mom. J'ai passé partout.

Ce n'est pas le moment de lui dire que tu as passé tes maths sur la fesse. Mais tu as réussi ton cours quand même.

— Tu as une peine d'amour ? Tu ES en amour ! Aww ! Félicitations. Ah, c'est ça. L'amour te donne des ailes et tu as de l'énergie à dépenser. Donc, tu m'aides ! Ah ! Les amours d'adolescence, c'est tellement merveilleux! Comment il s'appelle? Dis-le-moi, je ne le dirai pas à ton père.

— Arrête! Ben non, je ne suis pas en amour.

L'arrivée de ton père te force à rester dans la cuisine. Tu as failli t'enfuir dans ta chambre et remettre à plus tard ta grande annonce.

Ton père a les mains pleines d'un colis arrivé par la poste et de deux sacs d'épicerie, mais tu n'oses même pas aller l'aider. Tu le regardes donc de loin se débrouiller avec son chargement.

— Chalut les filles, dit-il, une lettre entre les dents.

Il échappe un sac par terre.

— Chérieux, vous pourriez venir m'aider au lieu de me regarder.

Ta mère a encore les yeux remplis d'étoiles en pensant à ta pseudo histoire d'amour, et toi, tu n'oses plus rien faire de peur de créer tout un tas de questionnements sur ta nouvelle façon d'aider, qui semble si inusitée pour ta mère. Tu n'es pas la plus serviable en général, mais tu n'es pas si pire que ça.

Tu décides tout de même d'aller aider ton paternel avant qu'il ne s'impatiente. Un père en colère n'est pas non plus l'idéal pour lui vendre ton projet.

Une fois que tout est ramassé et que ton père s'est ouvert une bière (lui-même !), tu te plantes devant tes parents.

— J'ai quelque chose d'important à vous dire...

— Elle est en amour, c'est génial, confie ta mère à ton père, en chuchotant assez fort pour que tu entendes tout.

— Wow ! Merci pour la discrétion ! J'ai pu te faire confiance un gros deux minutes ! Peux-tu me laisser parler ? C'est pas ça...

— Vas-y ma chouette, on t'écoute.

Bon ! Merci papa !

— J'ai décidé de devenir youtubeuse. J'ai lancé ma chaîne il y a quelques semaines et je suis sérieuse dans mon projet.

POUR UNE BONNE RÉACTION PAS TROP CATASTROPHIQUE,

VA AU NUMÉRO 24.

OH LÀ LÀ, ÇA TOURNE MAL!  **VA AU NUMÉRO 20.**

18

Après ce qui t'a semblé des heures, tes parents daignent enfin reposer leurs yeux sur toi. Tu affiches l'air le plus mignon et repentant du monde, question de susciter un minimum de pitié et peut-être alléger ta peine. Existe-t-il des prisons pour les adolescentes qui se créent une chaîne YouTube en cachette ? Une technique de torture spéciale ?

Ton père ne passe pas par quatre chemins.

— Tu vas devoir fermer tout ça.

— Ben là ! C'est trop sévère, Louis ! essaie de te défendre ta tante.

— Cath, ne t'en mêle pas. Toi, jeune fille, tu savais très bien que nous ne serions pas emballés par ton projet et tu as choisi délibérément de nous désobéir. Tu viens de prouver que nous ne pouvons pas te faire confiance.

Quand le « jeune fille » sort, tu sais que ta vie est finie. Tu auras beau rouspéter et tout tenter, le dernier clou de ton cercueil est enfoncé.

Ta mère, toujours un peu mal à l'aise lors de ce genre de conversation, tente de te prouver que ta conséquence n'est pas si mal.

— Tu vas prendre une pause de six mois.

Mon père la questionne du regard et elle lui signifie sans un mot qu'elle prend le contrôle de la conversation et qu'il n'a plus un mot à dire. Tu sais que sans son intervention, tu pouvais oublier ta chaîne pour cette vie et la prochaine aussi.

— Ensuite, tu pourras recommencer SOUS NOTRE SUPERVISION. Je pense que gagner un peu de maturité ne te fera pas de mal et que tu seras un peu plus responsable pour faire face à ce monde dur qu'est le Web. Si tu savais, ma collègue Diane...

Tu ne la laisses pas finir sa phrase et tu t'enfuis dans ta chambre. Tu te fiches complètement de sa collègue Diane. Tu te fiches du monde entier.

PAR CHANCE, TU ES DANS UN LIVRE. TU AS PERDU DU TEMPS,

MAIS TU PEUX TE REPRENDRE. TÂCHE DE FAIRE MIEUX

EN ALLANT AU NUMÉRO 17.

19

Tu reçois un texto de Sara. Elle t'envoie une photo sur laquelle on la voit manger un cornet de crème glacée en s'en mettant sur les joues et sur le nez. Tu souris et tout ton corps fourmille à l'idée de courir la rejoindre. Tu t'aperçois que ta chaîne a occupé la majorité de tes temps libres depuis les derniers mois. Pour faire de la place à ton projet, tu as délaissé tes amis que tu aimes tant, tu as même négligé tes études... Tu regardes ton écran qui t'envoie au visage toutes ces fonctions dont tu ne comprends rien du tout. Tu te demandes à quoi ça rime, tout ça. Tes doigts se suspendent au-dessus du clavier de ton cellulaire. Tu as l'impression d'avoir trois choix de réponse, comme dans un examen important:

a) Lol! J'ai faim! Je m'en viens!

b) Lol! Chanceuse! Je dois encore travailler sur ma chaîne...

c) Lol! J'en ai plein le dos de mon projet... J'ai envie de tout abandonner.

Tu n'écris rien. Tu te retournes vers ton ordinateur et tu le fixes. Tu prends conscience que ton rêve ne te convient plus.

Qu'au lieu d'avoir la tête dans ton nuage rose de bonheur, tu te retrouves avec une tonne de briques sur les épaules. Que tu as envie de faire des vidéos pour le plaisir. Que tu ne veux pas compter tes abonnés et travailler ta technique, tu veux simplement t'amuser. Si, un jour, l'envie d'avoir une chaîne performante te reprend, YouTube existera encore ou aura été remplacé par quelque chose de mieux.

Tu textes un « J'ARRIVE !!! » bien senti à ton amie et tu te détournes de ton ordinateur. Ta chaîne ne sera probablement jamais ton gagne-pain, mais elle peut très bien devenir un passe-temps amusant et créatif, sans être le centre de ta vie. L'été s'ouvre devant toi et tu ne rêves que de jasettes entre amis sur le bord de la piscine, de parties de mini-putt et de promenades au parc. Tu ne vas pas passer l'été encabanée dans ta chambre à monter des vidéos !

Cette décision te donne des ailes. Ta prochaine vidéo viendra, mais tu ne sais pas quand et tu t'en fiches un peu. Tu supprimes le logiciel qui te cassait la tête en mille et tu te sens libérée. À toi, l'été !

TU AS LE DROIT DE PRENDRE CETTE DÉCISION. DEVENIR UNE GRANDE YOUTUBEUSE, CE N'EST PEUT-ÊTRE PAS POUR TOI ! MAIS SI TU AS ENVIE D'ESSAYER DE NOUVEAU, **▶ RECOMMENCE AU NUMÉRO 1.**

20

Ton père s'enflamme.

— Ah non ! Pas ma fille ! Tu ne seras pas de celles qui mettent n'importe quelles futilités sur Internet, qui s'inventent un travail bidon. Il y a beaucoup d'appelés mais peu d'élus, tu sauras. As-tu remarqué à quel point TOUS les ados s'autoproclament youtubeurs professionnels ? Ce n'est pas une vraie job. Tu vas perdre ton temps, tes notes vont baisser et tes vidéos vont te suivre éternellement. Tu n'as ni l'âge, ni la maturité, ni l'expérience de vie pour t'exhiber de cette façon et prendre un risque aussi grand de détruire ta réputation !

Tu cherches dans le regard de ta mère un soupçon de réconfort. Hélas, elle semble en parfait accord avec son conjoint (tu viens de décider qu'à partir d'aujourd'hui, ce n'est plus ton père. Un vrai père encourage ses enfants dans la réalisation de leurs projets...) Elle se décide enfin à ouvrir la bouche.

— Je suis d'accord avec ton père. La fille de ma collègue de travail a vécu l'enfer avec sa chaîne YouTube. Elle se faisait harceler à l'école, ses notes ont chuté dramatiquement, elle a fait une dépression. À quinze ans !! Nous ne pouvons pas t'encourager à aller dans une telle voie.

À cet instant, tu décides que tu vas désobéir à tes parents. Tu vas continuer à mettre des vidéos en ligne, en cachette. Lorsqu'on commencera à te reconnaître dans la rue, tu leur avoueras et ils ne pourront plus reculer. Il faut croire que ta mère possède le SPDA « Lire dans les pensées des enfants », car elle coupe ta réflexion et assène le coup final :

— D'ailleurs, nous voulions te dire que désormais, tu devras nous demander le code du wifi et que tu n'auras plus le droit d'utiliser Internet dans ta chambre, seulement dans les espaces communs. Il y a trop d'histoires d'horreur en lien avec le Net et les ados, ces temps-ci. Il va falloir t'encadrer un peu plus. C'est notre dernier mot.

Tu es cernée de toutes parts. À part t'enfuir avec ton ordinateur et déménager loin de ces monstres contrôlants, tu ne vois pas comment tu pourras leur désobéir. Tu es bien déterminée à ne plus jamais leur adresser la parole. Ils te condamnent à l'ennui et à la morosité, tu ne te gêneras pas pour leur prouver qu'ils ont gâché ta vie. Les prochaines semaines seront tendues.

 **C'EST LA FIN DE TA CHAÎNE YOUTUBE. RECOMMENCE AU DÉBUT.**

PARFOIS, C'EST LA VIE QUI NOUS MET DES BÂTONS DANS LES ROUES…

21

Tu décides d'attendre avant de parler de ta chaîne à tes parents. Si tu patientes quelques semaines de plus, elle sera plus établie, ton nombre d'abonnés sera plus intéressant, et cela leur prouvera que ton projet est sérieux. Présentement, il est encore trop petit, et tes parents n'auraient aucun mal à le remettre en question.

Tu passes ta première journée de congé à visionner des tonnes de vidéos sur YouTube, qui te donnent d'excellents trucs pour rendre tes capsules aussi belles que celles des pros. Tu télécharges un logiciel de montage vidéo et tu imprimes la photo de deux projecteurs que tu rêves de commander pour améliorer ton éclairage. Pour une centaine de dollars, tes vidéos seraient plus lumineuses et tu n'aurais plus à craindre qu'elles soient noires comme dans ton cauchemar. Tu colles la photo au dos d'un des cadres qui ornent les murs de ta chambre. Tu t'imagines mal placer ton tableau de rêves à la vue de tous ; tu le sauras bien caché des regards indiscrets lorsqu'il sera retourné face contre le mur. Tu y ajoutes aussi une photo d'un micro, un autre outil qui te sera fort utile pour transmettre le son adéquatement à tes *fans*. Malheureusement, tu n'as pas encore assez de sous pour te les offrir. Après quelques jours passés avec les petites pestes, ce sera chose réglée!

Tu fais quelques prises de conscience à la suite de tes découvertes.

1- Tu ne pourras plus filmer de capsule sans préparation. Tu devras prendre le temps d'installer ta caméra sur un support adéquat, de placer ton éclairage, de brancher ton micro...

2- Tu ne pourras plus mettre tes capsules en ligne tout de suite après leur enregistrement. Tu auras un peu de temps de montage à y consacrer.

3- Tu n'avais jamais imaginé qu'être youtubeuse demandait autant de travail en coulisse. Tes youtubeurs préférés semblent si spontanés! Tu commences à découvrir que ce qui semble être leur vraie vie est un peu trafiqué...

Pour t'amuser avec ton nouveau logiciel gratuit (yé! une économie!), le meilleur selon quelques youtubeurs, tu trouves une courte vidéo de Sara et toi dans ton cellulaire et tu décides de l'améliorer. Il faut bien commencer à se pratiquer quelque part!

Quelle horreur! Le logiciel est en anglais et tu n'y comprends rien! Tu cliques où ta souris te mène (c'est-à-dire n'importe où !) et ton ordinateur refuse de coopérer. Tu dois le redémarrer trois fois, il gèle comme tes pieds en plein mois de janvier. L'hypothermie de ton ordi te fait perdre patience, et après plus de deux heures à ne rien produire du tout, tu vas pleurer ton découragement sur ta couverture de Justin Bieber. Tu ne pourras jamais être une youtubeuse... Personne ne t'avait dit que tu devais être bilingue pour produire des vidéos de qualité. Est-ce vraiment essentiel de comprendre toutes ces options ? À l'ère de la technologie, comment est-ce possible qu'il soit encore si compliqué d'ajouter un peu de folie et de dynamisme à une simple petite vidéo de quelques minutes? La vie est injuste, elle ne collabore pas du tout à l'atteinte de ton rêve.

LA RÉALITÉ EST UNE CALAMITÉ... SI TU COMPRENDS CE MOT, TU PEUX CHOISIR ▶ D'ALLER AU NUMÉRO 19.

LA VIE EST PARSEMÉE D'OBSTACLES À FRANCHIR, MAIS PAS QUESTION DE BAISSER LES BRAS ? ▶ CONTINUE AU NUMÉRO 22.

22

Tu rumines ta colère un bon moment et tu t'effondres en larmes. Une fois complètement asséchée de toute l'eau que pouvaient contenir tes glandes lacrymales, tu t'essuies le nez sur le visage du Justin Bieber de ta douillette et tu te ressaisis. La particularité des gens qui réussissent est probablement de savoir surmonter les obstacles. Tes youtubeurs préférés se sont sûrement tous heurtés à des problèmes, un jour ou l'autre. Si tu te décourages maintenant, tu peux dire adieu à ton rêve. Tu cesses de t'apitoyer sur ton sort et tu te tournes vers ton ordinateur.

Tu entends une musique western dans ta tête et tu t'imagines avec des bottes de cow-boy, les deux pieds dans le sable d'un village du Far West. Ton ordinateur est placé quelques mètres en face de toi. Il te nargue de son écran lumineux. Le duel s'amorce.

— Tu ferais mieux de fonctionner, sinon la poussière va entrer entre tes touches et tu vas devenir complètement détraqué. Déjà que tu n'es pas au sommet de ta forme...

L'écran affiche soudainement le mot « Patate douce » qui s'y promène en rebondissant sur le cadre. Tu aimes bien mettre des mots étranges sur ton écran de veille, ça te fait sourire.

— Tu ne m'auras pas avec ton humour, futile paquet de fils.

Tu sors un fusil imaginaire de ta veste imaginaire et tu le pointes sur l'écran.

— Ça suffit, le niaisage ! À partir de maintenant, tu vas COL-LA-BO-RER. Et quand tu vas m'afficher ton petit sablier ou ton tourbillon de recherche infinie, je vais en profiter pour méditer ! Je serai imperturbable. Je suis une force de la nature !

L'écran s'éteint. Il déclare forfait devant autant d'assurance.

Tu délaisses ton rôle de *cowgirl* et tu rallumes l'ordinateur. Sur une feuille à côté, tu dresses la liste de tes objectifs :

- Visionner des vidéos en lien avec mon logiciel de montage.
- Prendre des notes et tester les nouvelles fonctions, une à la fois.
- Porter mes drôles de lunettes, pour garder mon rêve bien vivant.
- Travailler fort !

Après plusieurs jours de travail, tu réussis à mettre sur ta vidéo des mots qui apparaissent en appui à certains moments importants. Tu sais même ajouter de la musique et créer quelques effets spéciaux.

Tu es très fière de toi. Tu as l'impression que ta chaîne franchira un grand pas grâce à tes nouvelles connaissances, mais tu sais qu'il te reste des tonnes de trucs à apprendre.

CONTINUE AU NUMÉRO 23

23

Même si tu n'es pas encore une pro de la technique, tu en as assez de t'exercer et tu décides de battre le fer pendant qu'il est chaud, en créant une vraie vidéo pour permettre à tes *fans* de voir tes progrès.

Gustave se promène dans ta chambre en reniflant partout. C'est son passe-temps préféré, fouiner dans ta chambre. Tu t'accroupis sur le sol pour te placer à sa hauteur et tu mets ta caméra en marche. Tu aimes beaucoup le faire parler, comme ceux qui font du doublage de films. Tu le suis à quatre pattes et tu imagines à voix haute ce qui peut bien se passer dans sa tête de lapin.

Il vient toucher la caméra de son museau et se met ensuite à se lécher.

— *Tiens, tiens ! Bout de carotte ! La voilà encore qui vient brimer mon intimité. Pas moyen de se laver tranquille ! Je suis nu, moi ! Puis-je faire ma toilette en paix ? C'est mon plaisir de ramasser avec ma langue tous les poils qui tombent de ma fourrure et de les avaler, peut-on me respecter un peu ? Si elle n'arrête pas, je vais aller me frotter sur sa petite robe noire préférée. Elle sera jolie avec des mottons de poils blancs collés partout !*

Il repart en trottinant et renifle sous la porte fermée.

— Un jour, j'irai explorer cet autre monde, au-delà de cette craque noire. Je ne sais pas si l'air est respirable, de l'autre côté. Pour connaître la suite de mes aventures, abonnez-vous à cette chaîne!

Satisfaite de ta vidéo, tu ajoutes quelques effets grâce à tes nouvelles aptitudes de monteure. Cela occupe plus de deux heures de ton temps, mais lorsque tu termines enfin, tu ne peux que te féliciter d'avoir persévéré.

Tu mets ta vidéo en ligne et tu descends rejoindre tes parents et ta tante Catherine, qui est venue souper avec vous. Ta tante est l'adulte le plus jeune de cœur au monde. Tu l'adores. Elle a beaucoup voyagé, elle a tous les nouveaux gadgets à la mode. Elle n'a pas d'enfant, ce qui te désole un peu. Elle ferait une mère géniale. Peut-être que le fait d'avoir des enfants rend les adultes plus plates et qu'elle perdrait sa magie en tombant enceinte? Finalement, tu ne sais plus trop si tu souhaites avoir des cousins ou si tu préfères garder ta tante cool.

Lorsqu'elle te voit, son visage s'illumine.

— Hey! Si c'est pas la vedette de YouTube! Je viens justement de recevoir une notification de ta chaîne! Tu as mis une nouvelle vidéo en ligne! Yé! J'ai hâte de voir ça!

A-h-n-o-n-t-u-e-s-d-é-m-a-s-q-u-é-e!!!

Tes parents se retournent en même temps pour te fixer d'un œil interrogateur qui n'annonce rien de bon.

— Nous pouvons savoir de quoi on parle?

— Oups, désolée cocotte. J'ai gaffé, hein? dit ma tante un peu moins chérie, en blêmissant.

— Non, non, ce n'est pas grave. J'avais l'intention d'en parler bientôt... Je travaille à bâtir ma propre chaîne YouTube. J'ai commencé à y mettre du contenu, mais je voulais attendre qu'elle soit plus sérieuse avant de vous en parler. Pour vous prouver que j'étais capable...

Ton père est furieux et tu vois dans les yeux de ta mère qu'elle se demande comment elle a fait pour rater de la sorte l'éducation de son enfant. Internet, c'est la plus grande peur de sa vie.

— Je veux voir, ordonne ton père.

Tu montes chercher ton portable, le moral au plus bas.

Tu présentes ta page à tes parents et tes vidéos s'affichent. Tu vois que la dernière, avec Gustave, semble susciter des réactions positives, mais tu n'en parles pas. Ils regardent tes vidéos sans un mot. Tu attends le verdict.

+ 315 vues

RECULE AU NUMÉRO 18.

24

Tu présentes à tes parents toutes les vidéos que tu as mises en ligne sur ta chaîne. Ils les regardent attentivement. Ton père garde un regard de marbre, impossible pour toi de deviner quelle sera sa réaction. Ta mère est plus transparente. Elle rit de bon cœur à certains passages.

Une fois que leur visionnement est terminé, tu attends leur verdict avec appréhension. C'est plutôt un interrogatoire en règle qui te tombe dessus. L'interrogatoire de l'enquêteur Papa Power.

— Combien penses-tu qu'il y a de jeunes comme toi qui rêvent de ça et quel est le pourcentage de ceux qui réussissent vraiment? N'oublie pas que c'est une mode. Que feras-tu le jour où YouTube sera éclipsé par un nouveau portail? Et puis, comment vas-tu faire pour te démarquer? Je sais que les youtubeurs vivent de leurs revenus publicitaires. Es-tu consciente que ce n'est pas un milieu facile et que tu risques de représenter des requins qui ne veulent qu'abuser de toi et de ta visibilité?

Ton air irrité ne le ralentit pas.

— Je sais que je te tape sur les nerfs avec mes questions plates. Mais c'est ça, la vraie vie. Tu veux aller de l'avant avec ce projet, tu dois réfléchir comme il faut et savoir dans quoi tu t'embarques. C'est mon travail de père d'en jaser avec toi.

Oui, ce fameux «travail de parents». Sérieux, c'est le travail le plus plate au monde. Il n'y a pas une fois où ils me parlent de leur travail de parents pour me dire que c'est agréable.

Tu tournes ton regard vers ta mère, qui garde le silence depuis le début. Tu espères voir un sourire complice.

— Je ne connais pas vraiment ça, YouTube, ma belle. La seule chose que j'espère, c'est que tu vas essayer de bien t'exprimer dans tes vidéos. Ce que je vois n'est pas si pire. Tout ce que tu vas mettre sur le Net te suivra toute ta vie. C'est une immense responsabilité et tu n'as aucune idée de quelle façon ça peut te nuire un jour...

— Écoutez-moi... Je crois que vous vous inquiétez pour rien. Sans vouloir vous insulter, je pense que vous êtes un peu vieux pour comprendre comment ça fonctionne, tout ça.

Ta mère cache son sourire en se mordant l'intérieur de la joue et ton père lève les yeux vers le ciel.

— J'ai dit UN PEU vieux, pas beaucoup..., précises-tu, pour t'assurer de maintenir la conversation sur la bonne voie. J'aimerais que vous me fassiez confiance. Vous me connaissez depuis quatorze ans, vous le savez que je ne suis pas du genre à faire des niaiseries. Si je fais une erreur malgré ma prudence, je vous promets que je vais tout faire pour la réparer.

Tu fais tes yeux de petit chat piteux suppliants. Tes parents se consultent du regard. Puisqu'ils restent là, tu sens déjà que tes chances d'obtenir leur approbation augmentent. Si la situation était grave, ils se seraient retirés pour aller discuter dans leur chambre, loin de tes grandes oreilles.

— OK ! prononce ton père.

— OK ?!!

— Oui, mais tu devras respecter certaines conditions.

— OUI !!! Tout ce que vous voulez !

Ta mère enchaîne. Ils te démontrent un autre SPDA : « Faire de la télépathie ».

— Ton père et moi EXIGEONS que tes notes restent bonnes. À la moindre baisse, on dit bye bye à YouTube.

— Ne vous inquiétez pas !

Tu sais que tu as un peu négligé ton travail scolaire ces derniers temps, mais là, tu te sens prête à abattre des murs dès le retour en classes. Le succès scolaire ET le succès YouTube frappent à ta porte ! Tu es si heureuse ! C'est à ce moment que ta mère décide d'ajouter une condition à votre entente.

— Tu dois nous montrer toutes tes vidéos avant de les mettre en ligne. Tu as quatorze ans et nous sommes encore responsables de toi.

Ta belle balloune a une fuite et perd de l'ampleur...

— Ben là, vous n'allez pas commencer à critiquer mes vidéos ! Vous allez couper toute mon inspiration. Je vais être gênée d'être vraiment moi-même ! Vous ne savez même pas ce que c'est, une chaîne YouTube...

— C'est à prendre ou à laisser, tranche ton père. Prouve-nous qu'on peut te faire confiance et tu gagneras en liberté ! Nous voulons t'encourager dans ton projet, mais nous devons le superviser. C'est notre travail de parents.

Ce qui restait de ta balloune se dégonfle et ta vie s'effondre.

Tu décides d'aller digérer le tout dans ta chambre. Faire une crise du bacon comme lorsque tu avais deux ans n'aidera en rien ta cause, tu le sais. Tu les quittes, sans un mot. C'est tellement plate, des parents...

LE CONTRÔLE PARENTAL TE COUPE L'INSPIRATION ?

VA AU NUMÉRO 26.

POUR PROUVER À TES PARENTS QU'ILS NE PEUVENT PAS TOUT CONTRÔLER,

VA AU NUMÉRO 27.

25

Pauvre maman ! Lorsqu'elle a vu la vidéo, quelques heures plus tard, tu as remarqué sur son visage une hésitation entre le rire et la colère. Un moment, tu t'es demandé si ça n'aurait pas été une meilleure idée de piéger ton père, qui a moins d'orgueil et un peu plus d'autodérision. Tu connais si bien ta mère que tu peux facilement t'imaginer ce qui a bien pu lui traverser l'esprit pendant qu'elle réfléchissait à la réponse qu'elle allait te donner, après que tu lui as demandé sa permission pour mettre la vidéo en ligne :

« Oh ! Sac-de-bines ! De quoi j'ai l'air ?! On m'entend jurer ! Et mon toupet, mon coiffeur serait triste de savoir que j'apparais sur le Net avec une telle galette collée au front. Est-ce que ça peut me nuire au travail, si c'est diffusé sur la Toile ?... C'est tout de même drôle et bien réussi, comme tour. Ma belle grande fille aurait sûrement du succès avec cette vidéo. Mais mon toupet, quelle horreur ! Et si ma mère voit la vidéo et qu'elle découvre qu'il m'arrive de sacrer ? Quarante-cinq ans sans être démasquée et se faire trahir par une vidéo... Bof, maman est trop vieille pour savoir que YouTube existe. Moi aussi, je me sens vieille avec ce dilemme technologique. Est-ce que je suis vieille ? Tant que ça ? Bon, je suis vieille... »

— OK, tu as ma permission, dit-elle finalement. Je ne veux pas être la vieille chipie qui a gâché ta vie.

— Oh ! Merci maman d'amour ! Tu es la plus cool au monde !

— À une seule condition.

Oh non... Ton sang ne fait qu'un tour. Ta mère a souvent des conditions qui, dans la balance du plaisir, apportent toujours plus de désagréments que le bonheur de profiter de la permission que tu demandais. Du genre :

À la condition que :

- tu laves toutes les fenêtres de la maison ;
- tu promettes de ne plus jamais chialer pour rien de ta vie ;
- tu endures sa musique plate pendant tous les voyages en voiture de l'été...

Tu attends sa condition en te disant que tu ne pourras pas utiliser la vidéo à cause de circonstances extérieures sur lesquelles tu n'as aucun pouvoir. Elle tient le suspense et te fait un petit sourire.

— À la condition que tu me tiennes au courant des réactions et des statistiques !

Tu lui sautes au cou et tu lui promets tout ce qu'elle veut.

Tu cours mettre la vidéo en ligne avant qu'elle ne change d'idée. Tu l'as visionnée plusieurs fois et, chaque fois, c'est encore plus drôle. Sara est retournée chez elle, tu la *tagues* donc sur ta publication, pour lui annoncer que la vidéo est en ligne.

— *Quand la vie nous aide à rendre un tour encore plus drôle ! Avec Sara Soleil.*

Ta vidéo dure deux minutes quinze. À peine ce temps est-il écoulé que déjà les commentaires fusent.

Jelly bean : *Tu fais ma journée ! J'étais triste, mais là, je ne me souviens même plus pourquoi !*

Loulou : *La face de ta mère !*

Merlan : *Quel hasard de fou !*

Les vues augmentent, le nombre de partages explose.

— MAMAN !!! VIENS VOIR !

Ta mère monte te rejoindre à ta chambre et vous vous retrouvez toutes les deux assises sur la même chaise, à lire les commentaires et à rigoler comme deux gamines. Tu apprécies ce moment avec ta mère qui s'amuse autant que toi. Tu es heureuse de partager ta passion avec elle.

Tout à coup, un nouveau commentaire apparaît.

Grisou : *È laitte en cr#$%, ta mère.*

Ta mère se fige. Il est un peu trop tard pour lui expliquer que c'est normal et pour lui dire de ne pas s'en faire avec ça. Tu crains soudainement qu'elle décide d'annuler sa permission et que tu doives supprimer ta vidéo.

À ton plus grand étonnement, tu découvres un côté de ta mère que tu ne connaissais pas : son regard devient noir et elle te pousse pour prendre le contrôle du clavier.

— Comment on fait pour lui répondre ?

— Euh, juste ici... Tu es certaine ? Laisse-le faire, c'est un con.

Tu t'inquiètes aussi du fait qu'elle prendra la parole en ton nom. Tu te doutes bien qu'elle n'en est pas consciente. C'est ta chaîne, donc les gens présument que c'est toi qui réponds aux commentaires.

Elle fait fi de ton conseil et se met à taper frénétiquement sur le clavier. Tu n'arrives pas à bien voir et tu te promets de supprimer sa réponse dès qu'elle aura le dos tourné.

Elle appuie sur la touche ENTRÉE avec conviction, et un sourire victorieux s'affiche sur ses lèvres. Tu peux enfin lire ce qui la rend si heureuse.

— Si on taquine ceux qu'on aime, je me dis que ma fille doit m'aimer beaucoup pour me faire vivre ça. Toi, jeune homme, quand tu seras capable d'écrire plus de quatre mots sans faire de faute, je pourrai peut-être considérer ton commentaire... ou non. Signé : La mère laitte en cr#$%.

Tu es vraiment surprise et fière d'elle. Elle te regarde et attend ta réaction.

— Wow ! C'est parfait ! Bravo, m'man !

Et là, elle te mime le geste « cassé ! ». Tu penses finalement qu'elle a encore des croûtes à manger pour être totalement cool. Mais qui veut vraiment d'une mère totalement cool ?

+ 3495 vues

CONTINUE AU NUMÉRO 28.

26

Tu as enfin un moment pour remettre tes idées en places. Plus vite tu leur prouveras que tu es assez responsable pour créer des vidéos qui obtiennent leur approbation, plus vite tu te débarrasseras d'eux. C'est facile. Tu sors un carnet et décides de commencer à planifier tout de suite ta prochaine vidéo.

…

…

Habituellement, ça vient plus vite que ça…

Ah !

• Vidéo d'unboxing.

Mais tu n'as rien à déballer.

…

Ah !

• Top 10 sur les relations amoureuses.

Non, tu n'as vraiment pas envie que tes parents te jugent et te questionnent sur ton expérience en la matière, même si, à part le bec mouillé offert par Tom en secondaire 1 en cachette derrière la porte de son casier, ton expérience est inexistante.

...

Ah !

- Un défi de nourriture dégueu !

Non, tes parents vont trouver ça niaiseux !

Grrr ! Depuis quand doit-on placer l'avis de nos parents avant celui de nos *fans* ? Tu as envie d'écrire sur ton Facebook :

AVERTISSEMENT : Maintenant, mes vidéos seront vraiment plates et ce n'est pas de ma faute. Mes parents exigent de tout approuver, imaginez ce que ça donnera. Adieu folie et légèreté. Si vous les connaissiez, vous comprendriez l'ampleur du problème.

Tu arrêtes net tes doléances, car tu viens d'avoir une idée de génie. Tu vas intégrer tes parents à ton projet. Tu aimes parler de la vraie vie, n'est-ce pas ? Des parents, c'est juste ça, de la vraie vie !

Tu dois trouver une façon originale de les inclure dans tes vidéos. Tu pourrais commencer par les présenter à tes spectateurs.

Tu déposes sur ta tête tes lunettes de youtubeuse, pour t'inspirer. Tu te jettes sur ton carnet et tu dresses un plan en quelques minutes. Dès qu'ils seront partis au travail demain, tu tourneras en cachette et tu t'organiseras pour leur présenter une vidéo qu'ils ne pourront pas te refuser ET qui fera exploser ton nombre de vues.

⌄⌄⌄

— *Salut! Hier, j'ai eu la pire mauvaise nouvelle de ma vie de youtubeuse: mes parents doivent maintenant approuver tout mon contenu. Yeurk... J'ai donc décidé de vous les présenter, pour que vous compreniez l'ampleur de mon problème.*

Tu montres à la caméra les deux pires photos de tes parents. Ta mère semble avoir un octomenton (donc huit mentons un par-dessus l'autre) et ton père est complètement défiguré par une mimique – disons que la photo a été prise au mauvais moment.

— *Voici ma mère. Elle est généralement angoissée, elle s'imagine des catastrophes partout. Lorsque je prends un bain, elle vient encore cogner à la porte pour être certaine que je ne me suis pas noyée. Imaginez si j'avais eu le malheur de m'enfarger, de culbuter SANS BRUIT dans le bain, de m'y fracasser la tête et de couler au fond de la baignoire qui peut à peine être assez remplie pour me couvrir d'eau. ON NE SAIT JAMAIS !*

Voici mon père. Il est assez sérieux et cérébral, mais je crois qu'il rêve secrètement d'être le batteur d'un groupe rock. Sa seule expérience musicale a été de faire l'Enfant au tambour dans une pièce de Noël lorsqu'il était au primaire et depuis, il croit qu'il a du rythme. Le temps des fêtes le comble de bonheur, car il peut taper sur la table « parapapampam » en chœur avec la chanson. Je doute qu'il soit exactement sur le temps, mais bon, je lui laisse son rêve, moi !

J'ai hâte de savoir quel sera leur impact sur ma chaîne... Croisez-vous les doigts pour que ce ne soit pas si pire... Et vous, vos parents ? Quels sont leurs travers ? Si vous avez envie que je raconte les pires colères que les miens m'ont faites, abonnez-vous à ma page et faites un thumbs up *!*

Tu as envie d'envoyer la vidéo à ta mère au travail et d'avoir une réponse rapide pour la mettre en ligne. Ça t'exaspère de devoir attendre après eux... La vitesse de publication est un atout dans le monde YouTube. Les capsules deviennent périmées plus vite qu'un avocat en train de brunir dans le tiroir à légumes.

En même temps, tu souhaites être capable de voir la réaction de tes parents, pour réparer les pots cassés si nécessaire. Tu sais que tu joues avec le feu en riant un peu d'eux dans ta vidéo. Tu mises beaucoup sur leur sens de l'humour et tu espères que tu n'as pas gaffé. De plus, tu travailles toute la journée demain. Il te faudra faire preuve de patience jusqu'au souper. Tous les éléments sont contre toi...

Anecdote de gardiennage

Jour 2

Tu es fière de toi ! L'autre jour, malgré l'envie (c'est le cas de le dire) et les six pipis sur le plancher, tu n'as pas mis de couche à Rheno. En fait, ce matin, tu lui as même enlevé tous ses vêtements. Il fait beau, tu l'envoies jouer dehors. Le pipi sur le gazon n'a pas besoin d'être nettoyé. Tu te sens vraiment intelligente aujourd'hui. Et se promener les fesses au vent, ça a quelque chose de charmant quand on est enfant.

En arrivant, tu as aussi rempli ton sac à dos de toutes les sucreries que tu as trouvées dans la maison. Tu le gardes d'ailleurs bien précieusement sur ton dos. Ce n'est pas le poids d'un sac rempli de bonbons qui va effrayer l'étudiante en toi, habituée à transporter des manuels lourds de savoirs. Ausséyane t'en veut, sa moue de bébé gâté te le prouve.

Tu décides d'être mature et de tenter d'établir une relation positive avec elle. Tu lui proposes de la pousser dans la balançoire, ce qu'elle accepte. Tu reprends espoir et, en voyant Rheno qui s'amuse dans le carré de sable un peu plus loin et Ausséyane qui semble aussi s'amuser, tu te dis que, finalement, l'été pourrait être agréable et que ta paye sera facilement gagnée.

Tu t'amuses longtemps avec la petite, en jetant souvent un œil à Rheno qui est l'enfant le plus calme que tu connaisses. Il s'amuse seul pendant de longues minutes, ce qui te laisse le temps de tisser une bonne relation avec sa sœur.

C'est l'heure de la collation. Tu vas rapidement préparer des raisins frais et tu reviens en offrir de petits plats généreux aux enfants. Lorsque tu t'approches du carré de sable, tes yeux ne remarquent rien, mais ton nez, oui. L'odeur est épouvantable. Tu as l'impression de revivre ta visite à l'usine d'épuration des eaux, imposée par ton prof de sciences. ÇA SENT LE CACA À PLEIN NEZ!

Tu ne vois pas tout de suite le problème. Peu à peu, tu t'aperçois que le sable n'a pas la même consistance partout. Qu'à certains endroits, le carré de sable est devenu un carré de boue. Que Rheno, qui y patauge depuis tout à l'heure, n'est pas couvert d'un mélange de sable et d'eau, mais bien de... caca! Ton intelligence revient et tu réalises que, depuis un bon moment, Rheno jouait DANS SON CACA. Il pouvait bien être aussi calme avec ce nouveau jeu original!

Il y a même tracé des routes pour y faire circuler son camion. Horreur. Tu vas devoir le sortir de là et tout nettoyer.

Tu ne sais pas par où commencer. Tu décides d'aller chercher un chargement de débarbouillettes à l'intérieur. Ce sera un bon début. Lorsque tu tournes la poignée de la porte, celle-ci résiste. De derrière la fenêtre, Ausséyane te tire la langue et s'enfuit dans la maison. Grrr ! Tu crois devenir folle. Tu frappes à la porte en hurlant.

— Ausséyane, reviens ici tout de suite !! Sinon...

Sinon quoi ? Tu n'en as aucune idée. Tu la vois qui te regarde maintenant de la fenêtre de l'étage. Tu as un éclair de génie.

Tu te diriges vers le bout de la cour où se trouve l'objet de ton salut : une grosse poubelle verte. Tu plantes ton regard dans celui de la charmante demoiselle, tu ouvres ton sac et tu le suspends au-dessus de la poubelle. Tu cries :

— Si tu n'ouvres pas la porte dans cinq secondes, je jette tous les bonbons ! Cinq, quatre...

Tu n'aurais jamais pensé prendre des bonbons en otage un jour.

Au compte d'une demi-seconde, la porte s'ouvre enfin. Tu entres immédiatement et tu caches ton sac en haut du frigo. Tu attrapes la clé de la maison et tu la mets dans ta poche. Cette petite peste ne te refera pas le coup deux fois.

Le défi le plus important reste encore le carré de sable. Tu vois bien que tes débarbouillettes ne viendront jamais à bout de la tâche. C'est finalement le boyau d'arrosage qui fait le travail. Rheno rouspète un peu contre la fraîcheur de l'eau, mais tu te dis que ce n'est pas pire que de s'amuser dans les jeux d'eau. Ensuite, tu lui mets une belle couche. L'apprentissage de la propreté n'est pas inclus dans ton salaire de misère de gardienne de quatorze ans. Point final.

CONTINUE AU NUMÉRO 29.

27

Tu sais que tes parents sont à l'affût de toute mauvaise réaction de ta part, dont ils pourraient se servir contre toi. Depuis votre discussion, ils semblent épier chacune de tes réactions, prêts à intervenir et à remettre en question ton grand projet. Tu dois leur prouver que tu as de la maturité et que tu ne t'en laisseras pas imposer. Mais tu as envie de leur servir leur propre médecine, de leur montrer qu'ils ne peuvent pas avoir le contrôle sur tout. C'est le temps de t'adonner à une des choses que tu préfères : jouer des tours. Tu sais très bien que c'est le genre de vidéo qui peut devenir virale en un claquement de doigts.

Vraiment, une chance que tes parents travaillent. Lorsqu'ils sont absents, il y a une telle légèreté dans l'air ! Tu sais que la petite note sur la table (« Mets le pâté au poulet au four à 17h stp ») sera ta seule consigne venant de leur part de la journée. Tu te promènes dans la maison, à la recherche d'inspiration pour un coup pendable. Tu fixes le petit pistolet pour laver les légumes, accroché à côté de l'évier de la cuisine. Il te tente depuis si longtemps, mais tu n'as jamais eu le courage d'aller au bout de ton idée. Tu te dis que, vu les circonstances, ce tour est justifié. Tu trouves du ruban gommé que tu enroules très serré autour du pistolet, pour t'assurer que le petit bouton pour l'actionner reste enclenché. Tu fais un test en pointant le jet vers l'évier. Tu ouvres le robinet et l'eau s'écoule par le pistolet et non par le robinet principal. Tu souris en replaçant cette mini douche sur son petit socle, en prenant soin de diriger le jet directement sur la personne qui ouvrira le débit d'eau. Tu imagines déjà la belle douche que ton père ou ta mère recevra ! Tu installes ensuite ta caméra, cachée entre la jarre à biscuits et le bol à fruits, de façon à ce qu'elle soit au bon endroit pour tout capter, presque invisible, mais tout de même assez accessible pour que tu puisses démarrer discrètement l'enregistrement lorsque le moment sera venu.

Tu revérifies ton installation et tu pousses un hurlement diabolique. Tu aimes bien briser le silence lorsque tu es seule dans la maison.

Sara vient passer la journée avec toi. Vous papotez de tout et de rien et tu la mets au parfum de ton futur coup fumant. Elle insiste pour rester souper avec toi, elle ne veut rien manquer de cet événement. En un texto à ton père, vous recevez la permission d'ajouter un couvert à la table. Vers 17h, tu mets le pâté au four et, à 17h45, ta mère arrive. Lorsqu'elle franchit la porte, tu commences discrètement l'enregistrement de la vidéo. Tu ne sais pas combien de temps ça prendra avant qu'elle ressente le besoin d'utiliser l'eau dans la cuisine. Tu te vois mal lui dire : « Maman, j'ai l'impression que tu devrais te laver les mains... » Il faut patienter.

Tu apprends que ton père est retenu au bureau, et ta mère ne semble pas très heureuse de ce contretemps. Elle est maussade.

Lorsque la minuterie résonne pour annoncer que le pâté est prêt, tu enfiles les mitaines pour éviter de te brûler en sortant le souper du four. Lorsque tu t'apprêtes à extirper le pâté de l'antre brûlant, le plat te glisse des mains et va s'écraser dans la craque, entre la porte et le four lui-même!

Le-meilleur-endroit-pour-un-dégât!!

La suite se passe au ralenti. Ta mère lâche un juron et se précipite avec une spatule pour tenter de sauver le repas, sans succès. Exaspérée, elle se dirige vers l'évier pour mouiller une guenille. Ton regard affolé croise celui de Sara; en un quart de seconde, vous décidez que vous n'avez pas le temps de réagir avant que ta mère, dans un mouvement brusque accentué par la colère, ouvre le débit d'eau au maximum... et se fasse éclabousser en pleine face.

Le temps s'arrête. Avant qu'elle ne comprenne ce qui se passe et qu'elle retrouve ses réflexes pour fermer l'eau, le plancher et les murs de la cuisine dégoulinent. Tu ne sais pas si tu dois rire ou pleurer. Tu choisis la première option et tu t'écroules sur le sol trempé, pliée en deux.

Sara ne peut s'empêcher de t'imiter.

Ta mère, le toupet aplati sur le front, des traces de mascara sur les joues, les deux mains sales, vous fixe sans trop saisir ce qui vient de se passer. Finalement, elle se met à rire elle aussi et elle comprend qu'elle vient d'être la victime d'un tour qui a eu un coup de pouce d'une coïncidence pour prendre de l'ampleur.

Tu décides de lui laisser le temps de s'en remettre avant de lui dire que tu veux utiliser ce moment peu glorieux pour attirer des abonnés sur ta chaîne.

Vous mangez finalement de la pizza surgelée !

RECULE AU NUMÉRO 25.

28

Tu es sur une lancée. Tu dois devenir la plus drôle et la plus originale des joueuses de tours. Tu dois trouver un autre coup pendable et, surtout, une autre victime. Tu as l'impression que ta mère ne serait pas heureuse d'être la vedette de toutes tes blagues. Tu songes tout de suite à tes deux complices de toujours, Vincent et Sara. Ils pourraient faire d'excellentes proies. Vincent avec son authenticité, et Sara, avec sa naïveté et son franc-parler. Tu te promets de trouver l'idée du siècle qui détrônera tous les meilleurs tours du Poisson d'avril. Un poisson d'été, c'est encore plus plausible qu'un poisson d'avril!

Tu passes les jours suivants à vivre tes vacances comme tous les adolescents, c'est-à-dire avec tes amis, à jaser et à profiter de la vie. Tu sais bien que ce bon temps achève; dès que tes seize ans frapperont à la porte, tu passeras tes étés à travailler. Tes quelques jours de gardiennage avec les crapauds, même s'ils sont pénibles, n'accaparent pas trop ton horaire. Tu as hâte d'être plus autonome et de faire des sous, mais tu aimes bien profiter de la belle saison sans contrainte.

Ce matin, Sara, Vincent et toi êtes assis près de la rivière et vous vous faites bronzer. En fait, tu te fais homardiser, parce que même si tu t'es badigeonnée d'une épaisse couche de crème solaire FPS 3012, tu sais que tu vas devenir rouge homard en un rien de temps. Mais tu es prête au pire pour te permettre le bonheur de sentir le soleil chauffer ton visage. Ton esprit vagabonde. Entre quelques pensées pour BB, tu continues de rechercher le bon tour à jouer pour alimenter ta chaîne. Si tu veux suivre ta cadence d'une vidéo par semaine, il serait temps que tu trouves l'idée de génie.

Sara ne lâche pas son cellulaire tandis que Vincent, couché par terre, lance un ballon vers le ciel, qu'il rattrape avec précision. Ça te rassure, car tu n'as pas du tout envie que son objet volant te sorte de tes pensées par un coup violent.

Tu fais une liste mentale des tours que tu pourrais jouer :

- Remplir une pièce ou une voiture de ballounes. (Le simple fait de t'imaginer les gonfler te dégonfle.)
- Remplacer la crème des biscuits par du dentifrice. (Déjà vu sur le Web, tu aimerais une idée plus originale.)
- Cacher des araignées dégoûtantes dans la chambre de Sara, elle en a une peur bleue. (Tu ne veux pas avoir sa mort par crise de cœur sur la conscience.)

Sara est encore accrochée après son appareil. Que peut-elle y trouver de si intéressant? Au moment où elle se lève enfin pour annoncer qu'elle doit retourner à la maison pour dîner, une idée de génie te frappe. Vous vous donnez rendez-vous après le repas. Ça te donnera assez de temps pour mettre ton plan à exécution.

GNIHIHIHI! (Rire diabolique.)

Tu engouffres ton sandwich (deux tranches de pain beurrées tout croche avec de la mayonnaise, entre lesquelles tu as lancé une tranche de jambon) et tu te consacres ensuite à ton plan. Tu télécharges une application dans ton cellulaire, tu pianotes pendant quelques instants et tu attends avant de mettre le tout en ligne. Tu dois être prête à filmer lorsque ce sera le bon moment.

Tu retrouves tes amis au même endroit, une heure plus tard. Discrètement, tu enclenches l'opération secrète: tu places ton cellulaire de façon à pouvoir filmer ton amie en cachette. Ce n'est pas trop difficile de le faire sans attirer son attention, elle est déjà absorbée par son écran.

À peine deux minutes plus tard, son appareil sonne. Tu t'assures que la caméra est en fonction et tu fais semblant d'être captivée par un brin d'herbe. Tu camoufles ton sourire lorsque tu l'entends dire:

— Non, je n'ai pas de voiture à vendre. Désolée.

Elle raccroche à peine que la sonnerie retentit à nouveau.

— Non, désolée, vous vous trompez de numéro.

Les appels s'enchaînent sans lui laisser de pause. Son impatience monte d'un cran.

— Hey ! J'ai quatorze ans ! Pourquoi je vendrais un char ?!

CONTINUE AU NUMÉRO 30.

29

Ils ont dit OUI ! Tu as le *Go* pour mettre ta vidéo en ligne. Ta mère a un peu sourcillé en la visionnant, mais elle t'a donné sa permission en disant : « OK, c'est de bonne guerre... Merci pour le choix de photo... » Tu mets la vidéo en ligne, tu en fais la promotion sur ta page Facebook et tu te mets à te tourner les pouces. Tu te dis qu'il doit bien y avoir autre chose à faire pour te démarquer sur la Toile. Tu fais quelques recherches, tu regardes des vidéos de tes youtubeurs préférés et tu te mets à lire les commentaires de leurs *fans.* Tu rêves de susciter autant de réactions, des bonnes comme des mauvaises. Tu sais très bien que certaines personnes ont comme passe-temps principal d'aller critiquer tout ce qui se trouve sur Internet. Tu souris en lisant quelques traces laissées par ces trolls du Web.

Sous une vidéo de recette de gâteau :

— *Je n'avais plus de lait alors j'ai mis du vinaigre. Ta recette est infecte, tu ne devrais pas avoir le droit de mettre ça sur le Web !*

Sous une vidéo de soins de beauté :

— Peux importe les ptite crème que tu va te mètre, il faudrè que tu change de fasse pour avoir l'air un peu pluss belle.

Sous une vidéo de DIY :

— Ça coûte 5 piastres au magasin, pourquoi passer autant de temps à faire toi-même tes cochonneries ?

Les enseignants de français devraient faire un concours de correction de fautes dans les commentaires sur YouTube. Ce serait un devoir génial : se promener sur le site, faire des copier-coller de commentaires bourrés de fautes et les corriger. ÇA, ce serait pertinent. Les étudiants prendraient peut-être conscience des énormités qu'ils écrivent sur le Net !

Tu trouves même des vidéos où les youtubeurs visés par ces mauvais commentaires les tournent à leur avantage. L'une utilise une application qui change la voix pour les lire avec une voix de robot, à l'envers ou en rotant. Tu trouves que c'est une bonne attitude, car de toute façon, on ne peut pas plaire à tout le monde. Il ne faut pas se laisser abattre par quelques mauvais commentaires alors qu'il y en a des tonnes d'autres qui sont positifs. Et ces personnes ne doivent pas avoir grand-chose à faire dans la vie, pour regarder des vidéos seulement dans le but de les démolir...

Tu remarques que d'autres youtubeuses (ce sont surtout des filles) commentent en laissant le lien vers leur chaîne. C'est une bonne idée! Ainsi, elles profitent du public d'une chaîne populaire pour attirer les *fans* chez elles.

Tu n'as rien à perdre à essayer. Tu décides de placer une petite phrase dans les commentaires d'au moins une vidéo sur toutes les chaînes que tu suis. Quelle serait la meilleure phrase?

Choix # 1: *Hey! Ma chaîne est vraiment meilleure que celle-ci! Suivez ce lien:*

Choix # 2: *Tu aimes ce genre de vidéo? J'en fais des pareils par ici:*

Choix # 3: *Tu es ma youtubeuse préférée! Peux-tu venir voir ma chaîne,* please*?*

Choix # 4: *Si ma chaîne ne prend pas son envol bientôt, je crois que je vais faire une dépression.* Help me!

Ouin... Tu hésites entre la compétition directe, le chantage émotif ou la simplicité. Tu doutes que la simplicité va t'aider à te démarquer, mais la compétition et le chantage peuvent choquer et même te nuire...

Et si tu y allais avec l'honnêteté?

Choix # 5 : *Mes parents supervisent tout ce que je fais... Aidez-moi à prouver que ma démarche est sérieuse et que ma chaîne suscite de l'intérêt en passant par ici :*

Tu essaies cette avenue, qui te semble la plus positive.

TU PASSES LE RESTE DE LA JOURNÉE À COMMENTER PARTOUT PARTOUT, MÊME SUR DES CHAÎNES QUE TU NE CONNAIS PAS ?

VA AU NUMÉRO 31.

TU CIBLES SEULEMENT CERTAINES CHAÎNES, DONT TU ADMIRES LES YOUTUBEURS ET QUI DIFFUSENT DU CONTENU QUE TU AIMES BEAUCOUP ?

VA AU NUMÉRO 32.

30

Elle décide de laisser sonner et se retourne vers Vincent.

— Coudonc, il paraît que je vends une auto 500$. J'ai une voiture et je ne le sais pas?

Le rire de Vincent est enterré par la sonnerie incessante.

— Réponds et demande des détails. Où ils ont pris ton numéro?

Sara répond d'un geste exaspéré.

— QUOI?! Oups, désolée maman. Oui, ça va... OK. Oui... Désolée... Oui, je sais.

Elle raccroche, encore plus fâchée. Elle ignore la sonnerie et te confie:

— Je me suis chicanée avec ma mère ce matin. Maintenant, c'est pire à cause de la façon dont je lui ai répondu. Elle menace de m'enlever mon cellulaire si je ne suis pas capable de répondre plus gentiment. Après-midi de marde...

Son cellulaire sonne de nouveau. Cette fois, elle répond avec une joie exagérée et une voix roucoulante.

— Bonjour ! Puis-je vous aider ? ... Non, je suis tellement désolée, je n'ai pas en ma possession un véhicule d'une telle valeur... Quelle annonce ?... Ah, d'accord, merci. Bien aimable !

Tu pouffes. « Bien aimable ! » Personne ne dit ça !

— Il paraît que j'ai placé une annonce sur le site de vente en ligne « Tul'veuxtu ? »

Vincent lui arrache son cellulaire des mains et tape quelques mots. Quelques secondes plus tard, ses yeux s'agrandissent et il cache l'objet derrière son dos, hilare.

— Vincent !!! Enweyye, je veux voir, hurle Sara en sautant sur votre ami pour lui arracher son précieux téléphone.

Ta caméra capte toute la bataille. Vincent capitule lorsqu'elle se met à lui donner des coups de ballon sur la tête.

Elle fixe son écran quelques secondes et le tourne vers toi.

Tu feins d'être surprise, mais tu reconnais parfaitement l'annonce que tu as placée tantôt.

« Magnifique voiture de luxe, sièges en cuir de première qualité. Elle a tout pour vous offrir de longues balades romantiques cet été, elle fera tourner les têtes à coup sûr.

Vous aimerez vous coucher sur le toit pour vous faire bronzer et vous brûler le dos en même temps, respirer l'odeur subtile de caoutchouc de ses pneus et même entendre le son mélodieux de ses clignotants. Valeur: 50 000 $ Prix: 500 $ Une aubaine! Faites vite!»

— J'ai jamais écrit ça de ma vie. Ce doit être une erreur! Pourquoi il y a mon numéro de téléphone?

Le cellulaire se fait entendre sans cesse. Elle en coupe le son, désespérée.

Tu hésites entre tout avouer ou laisser le plaisir durer un peu. Tu coupes ta vidéo, car tu ne veux pas prendre trop d'espace de mémoire. Tu n'auras qu'à actionner la caméra s'il y a du nouveau.

Tu vois ton amie chercher frénétiquement à annuler l'annonce. Selon toi, elle devra contacter le site pour annuler ta publication. On ne doit pas pouvoir enlever les annonces dont on n'est pas l'auteur.

Tu la laisses patauger dans son problème.

Tout à coup, tu l'entends jurer.

— J'ai dépassé mes minutes. Merde! Ma mère va me tuer. Ma vie est finie. Je viens à peine de commencer ma période de facturation. Je vais passer le reste du mois pas de cellulaire... Comment je vais faire?

Elle jette son cellulaire par terre et se met à pleurer.

Tu commences à te sentir vraiment mal. Sara ne pleure jamais. Tu as vu Vincent pleurer plus souvent qu'elle et ce n'est pas parce que c'est un braillard. Ce n'est plus vraiment le bon moment pour te dévoiler. Tu décides de l'aider un peu et, en deux clics, tu enlèves l'annonce du site.

À voir sa détresse, tu n'as pas le choix de tout lui avouer.

— C'est beau, pleure pas. J'ai enlevé l'annonce.

— Comment tu as fait? dit-elle, la morve au nez et les yeux reconnaissants.

— C'est moi qui l'avais mise...

— Quoi??!!! Mais pourquoi?

— Je voulais tourner une autre vidéo pour ma chaîne, comme celle de ma mère.

— Ah OK! Mais là, c'est à mon tour d'être la victime! Hein? Ben bravo! À cause de ta maudite chaîne, on va toujours devoir se surveiller et on va stresser de se retrouver sur YouTube. Tu m'as filmée en train de paniquer et tu n'as rien fait!! Franchement, tu dépasses les limites.

Elle ramasse ses affaires et s'en va, sans se retourner.

Vincent ne rit plus.

— Ouin, c'était moins fort, ce coup-là...

— Bon ! C'est beau ! Je me sens super mal. C'est pas la fin du monde, quand même.

— Peut-être pas la fin du monde pour toi, mais pour elle, oui. Tu savais que sa mère la surveillait pour son cell et tu l'as fait quand même.

— Sérieux, je ne m'en souvenais plus...

— C'est ça, le problème, tu te souviens juste de ce qui fait ton affaire.

Il part en courant rejoindre Sara.

Tu ne pourras pas utiliser cette vidéo, tu n'as même pas besoin de demander la permission de Sara pour en avoir la confirmation. Comment faire pour jouer des tours aux gens sans te les mettre à dos ? Le temps presse et tu n'as plus rien à publier.

Les jours passent et Sara refuse toujours de te parler. Sans son cellulaire, c'est encore plus difficile de la joindre. Tu tentes d'aller la voir chez elle, mais elle te claque la porte au nez.

Tu mets en ligne quelques vidéos de Gustave, mais tu n'as plus le cœur à l'ouvrage. Tes abonnés doivent le sentir, car ils se désabonnent peu à peu. Tu vois ton rêve s'éteindre tranquillement et tu ne tentes même pas de le sauver. Si tu as quelque chose à sauver, ce sera ton amitié avec Sara.

C'EST LA FIN DE TA CHAÎNE YOUTUBE.

RECOMMENCE ET FAIS DE NOUVEAUX CHOIX.

31

Tu passes ta journée à copier-coller le même message en commentaire sur toutes les vidéos qui passent sous tes yeux.

— *Mes parents supervisent ma chaîne. Aidez-moi à prouver que c'est sérieux et que ma chaîne suscite de l'intérêt en passant vous abonner par ici! Vous verrez, une vie ordinaire d'adolescente cache toujours un brin de folie. Il suffit de le trouver!*

Tu es assez fière de ta phrase punch. Ça pique la curiosité et c'est efficace. Tu la répands avec confiance sur presque tout ce qui circule sur YouTube. Quelle publicité facile et gratuite!

Les heures passent. Tu retournes voir certaines de tes traces et tu t'aperçois que quelques-unes n'apparaissent plus. Étrange... Tu es pourtant convaincue d'avoir laissé ta marque.

Enfin! Tu vois que quelqu'un a répondu à un de tes commentaires. C'est un long message! Sûrement quelqu'un qui n'a que des éloges à propos de ton travail et qui invite tout le monde à te découvrir!

Le message commence par « Pauvre fille ».

C'est probablement un troll qui perd son temps et qui est tombé sur toi. Ta carapace est solide, ce n'est pas une personne malveillante qui te détournera de ton objectif.

La suite te serre le cœur... C'est le propriétaire de la chaîne qui t'a répondu. Par chance, ce n'est pas un youtubeur que tu suis.

« *Ce que tu fais là, c'est du spam. On en reçoit des tonnes et sérieux, c'est choquant. D'abord, tu pollues mon fil de commentaires et tu profites de moi. Comme un parasite. Je prends le temps de t'écrire, car j'ai l'impression que tu n'es pas au courant de la vraie vie sur les réseaux sociaux. D'abord, à répéter le même message partout (c'est ce que tu as fait, avoue!), tu déclenches une alerte chez YouTube et ils te placent dans la catégorie « Spam probable ». Tous les youtubeurs doivent donc décider de ce qu'ils font de ton commentaire: le laisser vivre ou l'effacer. Si tu avais pris le temps de lire les règlements de YouTube, tu aurais vu que ce genre de manœuvre n'est pas toléré par les responsables qui te permettent d'avoir ta chaîne. Attention, ils peuvent décider de la fermer POUR TOUJOURS. Donc fais comme tout le monde: travaille à offrir du contenu qui intéresse les gens et tu augmenteras ton nombre d'abonnés. Ceux que tu récolteras avec ta méthode ne seront pas de bonne qualité et n'aideront en rien au succès de ta chaîne. Bonne vie et* please, *arrête ça.* »

Tu ne sais pas si tu dois être offusquée ou reconnaissante de son intervention. Ton orgueil en prend un coup. Te faire reprendre ainsi, comme une petite fille qui n'a pas écouté les consignes!

Tu te sens coupable et honteuse. Une vraie débutante. Tu n'avais pas pensé que cette démarche pourrait nuire à ta crédibilité. En même temps, tu te rappelles que ce genre de commentaire t'agace aussi lorsque tu le lis parmi les interventions des *fans,* sous une vidéo de tes youtubeurs préférés. Tu pensais trop à ton projet et tu as oublié d'évaluer ton idée plus attentivement. Tu imagines tous les youtubeurs que tu admires voir ton commentaire dans leur spam, tourner les yeux au ciel et effacer celui-ci en soupirant. Tu peux tout de suite oublier leur aide. Tu es une tache comme toutes les autres qui n'ont pas de personnalité.

Tu décides d'agir en grande fille et de répondre au youtubeur.

« *Merci d'avoir pris le temps de me dire tout ça. Je me sens super mal. J'ai appris quelque chose d'important aujourd'hui.* »

Tu essaies ensuite de retrouver tous tes commentaires laissés sur les chaînes et tu les supprimes un à un. C'est un travail assez long, mais tu n'as pas envie d'irriter d'autres youtubeurs.

Tu textes Sara pour tout lui raconter. Tu as vraiment besoin de voir ton amie pour qu'elle t'aide à soigner ta blessure d'orgueil.

CONTINUE AU NUMÉRO 33.

32

Tu écris le même message dans les commentaires de quelques vidéos de youtubeurs que tu aimes beaucoup. Tu mets le lien vers ta vidéo du jour et tu attends un miracle. Celui-ci tarde à arriver. Tu te lasses de regarder ton écran et tu fais un peu de rangement dans ta chambre. Il semble que cette publicité sur les autres chaînes donnera peu de résultats. Le monde de YouTube est un monde en accéléré. Les réactions fusent rapidement, donc chaque minute qui passe laisse présager un impact nul de ton initiative.

Par chance, ta vidéo, elle, semble avoir un peu plus de succès. Elle affiche déjà quelques centaines de vues au compteur, et les commentaires sont positifs. Peut-être que certaines de ces vues proviennent de ta publicité ?

Poulette atomique : *Ah ! Les parents ! Toujours en train de vouloir tout contrôler !*

Boule de poil : *Tes parents ont l'air cool (en t.k., selon leur photo !) LOL !*

Zouzou : *Ne lâche pas ! Pour t'encourager et leur prouver que tu es hot, je m'abonne !*

Léa_pichou : *#lesparentssontplates*

L'gros : *Je partage ta vidéo avec tous mes contacts ! La guerre des abonnés est déclarée. Tu vas gagner !*

Tout ça te redonne confiance. Ce ne sera peut-être pas si mal, cette supervision parentale. Tu réponds à tes nouveaux *fans* et tu les remercies de leur soutien. Tu comptes bien offrir un service personnalisé et rester accessible.

La réception d'un courriel interrompt ta tâche. Lorsque tu vois le nom de la personne qui te l'envoie, tu n'oses pas le croire.

« La Fille qui rit. »

LA FILLE QUI RIT ! La célèbre youtubeuse que tu suis depuis le lancement de sa chaîne. La fille la plus positive au monde, qui réussit à rire de toutes les situations de la vie, même les plus tristes. Celle qui illumine tes jours, celle avec qui toutes les filles rêvent de devenir amies. Elle t'a écrit un courriel dont l'objet est « Bonjour ! ».

Tu l'ouvres rapidement, comme si ta vie en dépendait. En fait, c'est quand même un peu ça. Ta vie de youtubeuse dépend de ce que contient ce message, tu le sens...

« *Salut !*

Aujourd'hui, j'ai fait quelque chose que je ne fais jamais : aller voir un lien vers une autre chaîne laissé dans les commentaires sous une de mes vidéos. Vois-tu, des tonnes de gens font ça et je t'avoue qu'habituellement, ça me fâche. Mais tu as réussi à piquer ma curiosité, car tu parlais de la supervision de tes parents. Quand j'ai parti ma chaîne, j'ai eu le même «problème» que toi. C'était vraiment choquant et j'avais l'impression que mes parents brimaient ma liberté créatrice. Bref, je ne te raconterai pas ma vie, mais sache que je te comprends. Je trouve ta vidéo très chou, ta réaction est super positive. Bref, j'aurais envie de faire une entrevue avec toi et de te donner un coup de pouce pour ta chaîne. J'ai regardé tes autres vidéos et j'aime ta personnalité. Tu as du potentiel. Dis-moi ce que tu en penses! J'attends de tes nouvelles!

Émilie, alias La Fille qui rit»

Si le juge du *Livre Guinness des records* était avec toi, il pourrait confirmer que tu détiens désormais le record du moment de stupéfaction le plus long au monde. Tu n'y crois pas. Tu as beau relire les mots qui s'affichent sur ton écran, tu n'en reviens pas. Tout cela est impossible. Tu te pinces le bras et tu ressens la douleur. Peut-on rêver qu'on a mal? Tu regardes autour de toi, décidée à confirmer que tu dors d'un sommeil profond et que tu te réveilleras bientôt, envahie de toute la déception du monde. Tu plonges tes doigts dans le pot de ta plante et tu prends un peu de terre que tu portes à ta bouche. Poueurk! La texture granuleuse te prouve que tu es bien en état d'éveil.

Tu ouvres la fenêtre de réponse, mais tu ne sais pas quoi écrire. Deux choix s'offrent à toi :

1 : « Bonjour Émilie !

Je n'en reviens pas !!! Tu es ma youtubeuse préférée ! Ta proposition est extraordinaire. Je suis touchée. Je serais ravie d'accepter ton coup de pouce, ça vaut de l'or pour moi. Dis-moi quand et où tu veux qu'on se rencontre et j'y cours !

Merci 1000 fois ! »

2 : « *Bonjour Émilie !*

Merci pour ce gentil message, mais je crois que je n'ai pas besoin de ton aide. Je veux bâtir mon succès seule, j'ai la patience et le talent pour. Si, un jour, tu veux des conseils, n'hésite pas à m'écrire. »

SI TU DÉCIDES D'Y ALLER AVEC LA PREMIÈRE FORMULE,

VA AU NUMÉRO 36.

TU PRÉFÈRES LA DEUXIÈME ?

VA AU NUMÉRO 34.

33

Sara te rejoint à la crémerie. Tu commandes un banana split et un sac de chips, question de manger tes émotions au maximum. Tu racontes tout à ton amie, en prenant soin d'écraser les chips à coups de poing sur le sac.

— Prends pas ça de même, ce n'est pas la fin du monde, dit Sara en arrêtant ton nouvel élan.

— Quoi ?

— Ben là, pauvre sac de chips.

— Non, ce n'est pas contre lui. C'est pour ma recette.

Tu saupoudres les miettes de croustilles sur ta crème glacée. La moue de dégoût de Sara en dit long sur ce qu'elle pense de tes talents culinaires.

— Sucré salé, j'ai le goût de ça aujourd'hui !

— T'aurais juste pu mettre des arachides salées. Des chips molles, eurk.

Tu prends une photo de ton œuvre et tu en engouffres une cuillère pleine dans ta bouche.

— Il chuffit de manger vitche.

D'une main, tu mets ta photo sur Facebook accompagnée de #cremeglaceeauxchipsmiam.

Quelques minutes plus tard, Vincent fait son apparition.

— Salut ! Vous m'avez ouvert l'appétit !

— Thérapie par la crème glacée..., précise ton amie en te pointant du doigt.

Tu répètes ton histoire et Vincent rit un peu.

— Ouin, tu aurais dû m'en parler avant. J'ai toujours trouvé ceux qui font ça un peu *loser*...

— Hey, merci des encouragements...

— Non, mais sérieux, ce serait bien plus efficace que tu fasses une vidéo de sundae aux chips pour attirer des gens.

— Ou même, tu devrais faire des recettes un peu dégueulasses et les mettre en ligne, poursuit Sara sur la même lancée.

Une idée germe dans ta tête. Tu te lèves d'un bond et retournes au comptoir. Par bonheur, la gérante, Marie, est là et tu demandes à lui voler quelques minutes. Tu la connais depuis que tu es toute petite, ce n'est pas trop gênant. Tes deux amis te regardent avec des points d'interrogation dans les yeux et tu leur mimes de patienter. Tu reviens un peu plus tard, enchantée. Tu essaies de te calmer pour éviter d'avoir l'air trop contente et de perdre de la crédibilité aux yeux de la gérante, qui t'observe peut-être de loin.

Tu invites tes amis à quitter l'endroit et, dès que vous tournez le coin de la rue, tu leur sautes dans les bras en hurlant :

— J'ai ma première commandite de youtubeuse !!

Tu leur expliques que leur idée t'a inspiré un partenariat avec la crémerie. Une fois par semaine, tu iras y tourner une vidéo dans laquelle tu inventeras une recette de crème glacée aussi originale que les goûts d'une femme enceinte. Marie accepte non seulement de t'offrir gratuitement ce que tu choisiras, mais elle propose aussi d'ajouter les ingrédients de ton choix sur sa liste de commandes, en prévision de tes tournages. En échange, tu promets de filmer la bannière de l'entreprise, de donner l'adresse dans chacune des vidéos et d'inviter les gens à venir commander TON spécial de la semaine.

Tu rêves déjà à toutes les recettes que tu vas inventer !

34

C'est vraiment le choix que tu as fait ? Tu m'inquiètes...

Non. En tant qu'auteure, je t'interdis de faire ce choix stupide.

TU VAS FAIRE COMME SI TU N'AVAIS JAMAIS FAIT CE CHOIX ET

TU VAS ALLER AU NUMÉRO 36. TU PERDS 100 ABONNEMENTS.

TU NE LES MÉRITES PAS. POINT.

▶ 35

Plus tu y penses, plus tu commences à ressentir une certaine pression. Et si Marie s'aperçoit que tes vidéos ne changent rien à l'achalandage de son comptoir à crème glacée? Et si elle trouve tes vidéos ordinaires? Elle ne les a jamais vues et elle te fait confiance. Oh là là... Tu commences à avoir mal au ventre.

Tu n'as pas le choix. Pour être à la hauteur de ce premier contrat de youtubeuse, tu dois étudier. Oui, étudier comme à l'école... Prendre des notes, aller voir des tutoriels sur YouTube et faire de ta chaîne une chaîne sérieuse et de qualité. Tu dois être à la hauteur de votre entente si tu veux que d'autres gens te fassent confiance. Si tu attires une foule à son commerce, peut-être que Marie aura envie de te payer avec de l'argent, l'an prochain, pas seulement avec de la crème glacée. Ton angoisse augmente lorsque tu réalises qu'il faudra sûrement que tu investisses de l'argent que tu n'as pas dans du matériel de tournage pour atteindre tes objectifs professionnels.

— Bonjour, monsieur, j'aimerais acheter ce support à caméra et ce micro.

— Oui, parfait. Total : quinze sorbets à la lime et douze cornets à la pistache.

— Désolée s'ils ont fondu, il a fallu que j'économise pendant quelques semaines...

— Ah ! Les économies, ça fond vite !

Il est évident que tes parents ne te prêteront pas un sou. Tu connais déjà leur façon de penser : « Tu veux de l'argent, fais comme tout le monde : travaille ! »

Sous-entendre : « Trouve un VRAI travail ! »

Tu passes le reste de la journée devant YouTube, à la recherche des meilleurs conseils. Il y en a tellement, tu ne sais plus où donner de la tête. Et qui sont tous ces gens qui se vantent de tout connaître ? Tu enfourches ton vélo en direction de la bibliothèque. Ce sera plus simple de lire un livre que de t'éparpiller sur YouTube en passant d'une vidéo à l'autre.

Tu n'avais pas pensé que la bibliothèque regorgerait d'autant de trésors. Tu peines à revenir à la maison avec ton sac à dos qui pèse douze tonnes. Tu t'assois confortablement sur ton lit, un cahier de notes placé à tes côtés, Gustave de l'autre et un livre à la main. Quel bonheur de flatter son lapin en faisant des démarches pour réaliser ses rêves !

CONTINUE AU NUMÉRO 37.

36

Par chance, Émilie est disponible pour te rencontrer dans les jours qui suivent. Tu aurais eu beaucoup de mal à patienter des semaines ! Le cœur battant, tu entres dans le café où elle t'a donné rendez-vous. Secrètement, tu espérais qu'elle t'invite chez elle, mais tu es bien consciente que peu de personnes doivent être autorisées à entrer dans son repaire...

Tu l'aperçois, assise au fond de la pièce, près d'une fenêtre ensoleillée. Tu as chaud et tu espères que ton déodorant fera le travail. Tu ne voudrais pas te retrouver avec des cernes gênants sous les bras ou, pire, une odeur d'après-sport. Tu veux être parfaite pour saisir la chance de ta vie !

Émilie te reconnaît tout de suite et ses salutations spontanées te surprennent, jusqu'à ce que tu te rappelles qu'elle a vu tes vidéos... Tu la rejoins, inquiète de t'enfarger les pieds dans tes mollets tellement tu te sens nerveuse.

— Bonjour ! dit ton idole en te serrant la main chaleureusement.

Comme c'est étrange de la voir en personne. Tu la trouves encore plus belle et sympathique.

Assises sur les divans moelleux, vous commencez à jaser en buvant vos limonades maison, comme deux vieilles copines. Tu te sens plus à l'aise, maintenant. Tu as mille questions à lui poser, mais elle ne se lasse pas de te questionner sur ta chaîne, sur tes projets. Tu as tendance à répondre très rapidement, convaincue qu'elle te chassera d'une minute à l'autre. Elle n'a sans doute pas beaucoup de temps à t'accorder.

Tout à coup, elle te dit en riant :

— Relaxe ! Je n'ai rien de prévu aujourd'hui. J'ai envie d'apprendre à te connaître et je suis prête à répondre à tes questions. Je crois que, dans la vie, quand on est choyé, il faut redonner. Ça me fait plaisir de t'aider et je suis contente que tu sois ici. Vraiment.

Tu prends une profonde inspiration, chose que tu avais oublié de faire depuis ton entrée dans l'immeuble. La respiration, un réflexe inné ? Pas certaine !

Une conversation extraordinaire s'ensuit. Tu notes à toute vitesse tout ce qu'elle te dit. Elle est une mine d'informations précieuses. Tu pourras déjà mettre en application certains de ses trucs, alors que d'autres nécessitent un budget un peu plus important. Après quelques heures, tu décides qu'il est temps pour toi de partir. Tu ne veux pas ambitionner ! Avant ton départ, Émilie insiste pour faire un selfie avec toi. Tu acceptes avec bonheur. Ton sourire n'a probablement jamais été aussi radieux que sur cette photo. Tu le sens, aujourd'hui marquera le début d'une nouvelle époque pour ta chaîne. L'époque du développement et de l'ascension.

CONTINUE AU NUMÉRO 37.

37

Lorsque tu te couches enfin, tu n'en reviens pas de ta journée. Tu sens que tu as franchi un pas énorme. Tu peines à t'endormir, car tout ce que tu as appris ne cesse de tourner dans ta tête. Tu sais maintenant que tu dois mieux décrire tes vidéos pour que les recherches des gens mènent vers ta chaîne, en choisissant les bons mots-clés. Jusqu'à maintenant, tu n'avais pas vraiment prêté attention à l'image miniature qui apparaît en présentation de ta vidéo. Désormais, tu t'assureras qu'elle représente bien ton contenu et qu'elle soit attirante !

Tu as aussi une longue liste de choses à faire :

- Réfléchir à ton logo et à la photo qui est à l'en-tête de ta chaîne. Tu as compris que tu devais avoir une identité propre et qu'elle devait être bien pensée. Tu sais déjà que tu veux inclure tes lunettes excentriques et Gustave dans tes vidéos. C'est assez original, selon toi. Il faudra donc s'en inspirer pour la création du logo. Tu espères que Vincent voudra t'aider avec tout ce visuel. Il est très talentueux pour créer de belles présentations de travaux qui impressionnent toujours les profs, et tu les soupçonnes de parfois augmenter un peu ses notes simplement parce que la mise en pages est magnifique.

- Acheter un micro. Tu en as trouvé un qui s'accroche à tes vêtements et qui fera l'affaire, pour une centaine de dollars. Tu as assez d'économies pour te le procurer rapidement. Tu avais déjà compris que la qualité du son est primordiale, bien avant de commencer ta chaîne. Une vidéo a beau être bien tournée, si le son est mauvais, tu zappes immédiatement.

- Tu es un peu fatiguée de toujours devoir monter une construction de boîtes diverses pour arriver à faire tenir ton téléphone de façon stable. Un petit trépied te rendra la vie plus facile et ce n'est pas très cher.

  (Ça y est, tu es cassée. Vivement quelques journées de gardiennage avec les petits monstres pour renflouer les coffres.)

- Tu rêves d'avoir des lumières blanches, mais elles coûtent trop cher. À mettre dans la catégorie « si je rencontre un génie par hasard et qu'il me propose d'exaucer trois vœux ». Tu te contenteras de la lumière naturelle qui, si on sait bien s'en servir, est quand même efficace. Tu te promets de faire des tests et d'apprendre à l'utiliser à son plein potentiel, ô ressource gratuite !

- Il ne semble pas y avoir de recette secrète pour créer une vidéo virale. Il faut tomber sur le petit moment bonbon, celui qu'idéalement on n'a pas prévu et qui touche les gens. Tu te demandes si on peut mettre un moment comme ça en scène…

Tu vas te retrousser les manches et travailler fort pour atteindre les sommets. Tu te rends compte que le succès ne tombe pas du ciel, et que même si, de l'extérieur, tout semble facile, les youtubeurs consacrent beaucoup d'heures et d'efforts pour arriver à se démarquer et à attirer les *fans.*

Ta première étape sera de visiter le magasin d'instruments de musique du coin, le Spécialiste du son. Demain matin, première heure, tu y seras.

38

Le lendemain, après ton achat de micro, Vincent te rejoint à la maison avec son portable. Il prend quelques photos de toi arborant tes fameuses lunettes et il croque aussi le minois de Gustave qui vous fournit toutes sortes de postures mignonnes. Tu lui montres quelques en-têtes de chaînes que tu trouves originales.

Ensuite, il te chasse, le temps de se concentrer sur son travail. Il insiste pour te faire une surprise.

Pendant ce temps, tu lis le guide d'instructions de ton micro, qui se résume à quelques lignes, et ensuite, tu tournes en rond, incapable d'accomplir quoi que ce soit de pertinent. Tu as trop hâte de voir le résultat final. Du salon, tu lui cries :

— Je vais te payer ça ! À la fin de l'été, si ça ne te dérange pas trop…

— Regarde l'autre ! Je ne veux rien savoir de ton argent. Tu auras juste à me donner le crédit du visuel sur ta chaîne et ce sera parfait.

— Ben là, c'est sûr !

— On ne sait jamais, ça m'amènera peut-être des contrats. C'est une bonne pratique pour moi et je suis content de t'aider. Je n'ai rien à faire, de toute façon.

Il fait une pause pour dîner et vous en profitez pour jaser de tout et de rien.

— Des nouvelles de la belle Sublime? demandes-tu à Vincent. Je déteste l'été... Aucune façon de voir BB, à moins que ce soit par hasard. Et ce sera sûrement à un moment où j'ai les cheveux gras et un énorme bouton suintant entre les yeux.

Vincent rit en imaginant la scène.

— Ouais! Son frère joue dans mon équipe de soccer. Elle vient parfois le voir jouer.

— Wow! Chanceux! Tu n'as pas le choix d'être bon, ces soirs-là.

— J'essaie, j'essaie. Pour l'instant, on se salue de la main, sans plus. Je ne sais vraiment pas comment l'aborder. Et pour lui dire quoi?

— Je sais pas. Informe-toi sur son été? Invite-la au cinéma?

— Au cinéma? Impossible! Je suis trop gêné. Il faudrait que Sara me donne son avis pour faire le meilleur choix, elles se connaissent un peu. En tout cas, j'attends mes parties avec impatience. C'est juste plate qu'elle me voie tout le temps suant, les joues en feu et couvert de taches de gazon.

— Ben non, elle doit te trouver super sexy!

— Bof, pas sûr.

Tu remarques que le temps file et tu sautes sur tes pieds.

— *Go!* Au travail! Au prix que je te paie, tu n'as pas le droit à des pauses dîner trop longues.

Il se remet au travail et tu en profites pour regarder les vidéos les plus récentes de tes youtubeurs préférés. Avec tes nouvelles connaissances, tu remarques certaines techniques qu'ils utilisent et tu analyses davantage leur décor et leur éclairage.

Enfin, après de longues heures, Vincent t'invite au grand dévoilement. Tu es bouche bée. C'est encore mieux que ce que tu avais imaginé. C'est éclaté, ça te représente parfaitement! On y voit Gustave et tes lunettes dans une mise en pages qui semble tout droit sortie de l'ordinateur d'un pro. Tu sautes dans les bras de ton ami.

— Vincent! Je t'aime trop!

Il t'éloigne doucement, mal à l'aise de ce surplus d'affection.

— C'est rien, ça m'a pris deux minutes et c'était facile.

— Menteur !

— Bon OK... Ça m'a pris dix minutes et c'était un peu difficile. Content si tu l'es ! Je pars, j'ai des tâches plates à faire avant le retour de ma mère. Je t'envoie tous les fichiers, tu pourras les mettre en ligne quand tu veux.

Tu le remercies encore en précisant qu'il a une drôle de façon de compter le temps et tu sautilles de bonheur lorsque tu refermes la porte derrière lui.

Tu ajoutes ce chef-d'œuvre à la page d'accueil de ta chaîne et tu envoies le lien à tes parents pour leur prouver que tu es sérieuse dans ta démarche. Déjà, tu sens que tu as franchi un grand pas. Il ne te reste plus qu'à cocher les autres éléments de ta liste et à trouver du contenu intéressant.

Anecdote de gardiennage

Dernier jour

Les jours ne se ressemblent jamais lorsque tu gardes. Parfois il pleut, parfois il fait soleil. Ce qui reste pareil, c'est que tu n'as jamais de plaisir. L'été avance et ton emploi d'été s'éternise. Pour être honnête, tu détestes garder ces enfants et ça te motive encore plus à travailler pour atteindre le succès avec ta chaîne. C'est promis, l'été prochain, tu seras très loin des petits morveux.Ausséyane semble toujours aussi déterminée à devenir la petite chipie par excellence, alors que Rheno fait pitié ; c'est terrible d'avoir une sœur aussi ingrate et des parents aussi étranges.

C'est un bon résumé des pensées qui t'occupent l'esprit pendant que tu te rends, la mine basse, à une autre journée interminable de gardiennage. À peine as-tu mis le pied dans l'entrée de la maison que leur mère part en coup de vent, sans aucune consigne pour la journée. Tu trouves les enfants très calmes, occupés à jouer ensemble à papa et maman. Ausséyane te signifie que ta présence n'est pas requise dans leur jeu, tu décides donc de t'éclipser et d'aller ramasser la tonne de vaisselle qui encombre les comptoirs de la cuisine. Tu bougonnes intérieurement en te disant que tu n'es pas engagée comme femme de ménage, mais tu réalises que tu préfères gérer de la vaisselle sale et collante plutôt que de t'occuper des deux enfants. Tu les vois d'ailleurs sortir leurs jouets à l'extérieur. Tu trouves que c'est une bonne idée. La grande semble jouer à la boss des bécosses et régner en dictatrice sur son petit frère, mais il a tout de même l'air d'avoir du plaisir. Il doit être habitué… Pauvre enfant.

Toujours en jetant un coup d'œil vers la cour, tu réussis à venir à bout de la montagne de vaisselle. Tu vois les enfants se diriger vers l'avant de la maison. Tu essuies et ranges la dernière assiette et vas les rejoindre. Ce que tu vois en arrivant te pétrifie.

Ausséyane a installé un petit lit de couvertures sur lequel elle a confortablement couché son frère EN PLEIN MILIEU DE LA RUE!! Quelle idée idiote et dangereuse! C'est à croire que cette enfant a l'âme noire comme du charbon.

Tu te lances vers Rheno et le prends dans tes bras, et tu sermonnes vertement la petite à qui tu imposes de ramasser le tas de couvertures qui jonchent la chaussée brûlante.

— À quoi as-tu pensé?! Tu veux qu'il se fasse écraser? Petit comme il est, il devient complètement invisible pour les conducteurs de voitures. Et de camions!!! Il aurait pu se faire tuer!

La démone soutient ton regard sans répondre. Aucun signe de sentiment de culpabilité ni de remords dans ses yeux. Tu as même l'impression qu'elle dissimule un sourire victorieux. Tu imagines diverses façons de la faire souffrir. Toi qui aimes habituellement les enfants d'un amour gaga, tu es surprise de ressentir autant de haine pour une fillette.

Tu les installes tous les deux devant un film, même si c'est contre tes principes de bonne gardienne. Tu as besoin de les savoir obnubilés par l'écran, statufiés pendant que tu te remets de tes émotions. Tu t'imagines le pire: le petit corps de Rheno écrasé sur le bitume pendant les quelques secondes où tu n'étais pas là... Tu constates que ce travail d'été est une énorme responsabilité sur tes épaules. Tu aurais pu avoir la mort d'en enfant sur la conscience pour le reste de ta vie! Ausséyane n'est pas une enfant normale, elle est dangereuse. Pendant l'été, chaque fois que tu as parlé de ses frasques à sa mère, elle l'a toujours protégée en disant que c'est normal à son âge et que sa personnalité forte la mènera loin. Tu décides de démissionner. Tu n'en peux plus. Tes parents ne seront sûrement pas ravis de ta décision, mais tu leur expliqueras tous tes arguments et ils finiront par comprendre.

— On veut des bonbons! hurle la petite reine, comme si tu étais à son service.

— Non, nous allons bientôt manger. Veux-tu un peu de fromage ou un fruit? proposes-tu calmement, même si la fumée te sort par les oreilles.

— NON!

— NON! imite son frère.

Tu inspires profondément et tu te diriges vers la cuisine. Elle te suit en tapant du pied.

— Donne-moi des bonbons!

— Non, je ne t'en donnerai pas.

Elle se retourne, attrape un petit pot en verre qui traîne sur le comptoir et le lance sur toi de toutes ses forces. Par chance, elle ne sait pas viser et le pot se fracasse sur une armoire.

Tu es sidérée. C'en est assez. Tu n'as pas reçu de formation de policière ni d'ambulancière avant de t'embarquer dans ce contrat. Tu la foudroies des yeux et tu téléphones à Nathalie, sa mère.

— Bonjour madame. J'aimerais que vous reveniez tout de suite à la maison. Je démissionne. Ausséyane a des comportements trop dangereux, je ne peux pas prendre le risque d'avoir un enfant mort sur la conscience ou d'être blessée moi-même. Je vous attends et je vous demande de ne pas perdre votre temps sur le chemin du retour. Merci.

Tu raccroches sans même lui avoir laissé le temps de placer un mot. Tu fais une belle grimace à la petite. Tu sais que ça manque de maturité, mais c'est le geste le moins violent que tu peux lui faire dans tout le répertoire que tu imagines.

Même si elle a été témoin de ton appel, la vipère ne se laisse pas démonter.

— JE VEUX DES BONBONS !

— Mange ce que tu veux !

Tu t'en fous royalement. Au moins, pendant qu'elle s'empiffre, elle ne portera atteinte à la vie de personne. Tu vas t'asseoir avec Rheno et tu lui flattes les cheveux. Pauvre enfant, tu l'emmènerais bien avec toi pour le sauver de cette famille de fous...

Par chance, leur mère ne met pas trop de temps à se pointer le bout du nez. Tu lui laisses ses enfants sur les bras et tu prends ton sac avant de te diriger vers la porte. Tu te sens soudainement mal à l'aise de les quitter comme ça. Tu n'as jamais fait ça, donner ta démission... Tu décides de te comporter en adulte, même si tu n'en es pas une encore. Tu redresses la tête et salues les enfants de la main. Tu souhaites secrètement à Ausséyane d'être heureuse dans son petit cœur... Il y a assurément quelque chose qui cloche pour qu'elle agisse de cette façon à son âge.

Tu pousses enfin la porte de ta maison en même temps qu'un soupir de soulagement.

Maintenant que tu es sans emploi, tu dois ABSOLUMENT rendre ta chaîne lucrative. C'est urgent!

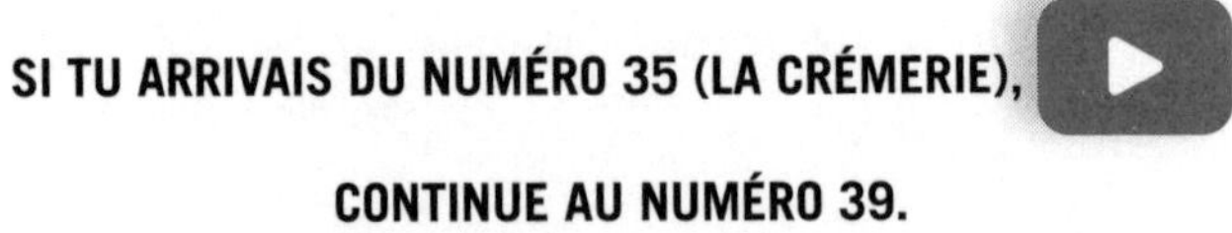

SI TU ARRIVAIS DU NUMÉRO 35 (LA CRÉMERIE),

CONTINUE AU NUMÉRO 39.

SI TU ARRIVAIS DU NUMÉRO 36 (LA FILLE QUI RIT),

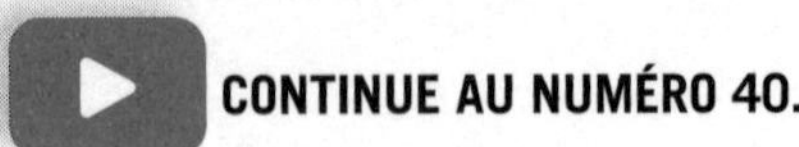

CONTINUE AU NUMÉRO 40.

39

Maintenant que le visuel de ta chaîne s'améliore, tu ne dois pas oublier le contenu. Marie s'attend à ce que tu lui proposes bientôt une nouvelle recette de crème glacée. Elle aimerait avoir quelques-unes de tes inventions pendant l'été et tu dois lui soumettre les ingrédients spéciaux une semaine à l'avance, pour lui laisser le temps de les commander... La balle est dans ton camp. Tu dois créer de nouvelles saveurs et essayer que ce soit bon. Cela pourrait être très drôle et probablement plus facile d'en inventer des mauvaises, mais tu ne dois pas inciter les gens à gaspiller. Et tu ne peux surtout pas les forcer à manger quelque chose de dégoûtant. Donc, on oublie la crème glacée aux oignons et d'autres recettes avec de la sauce à poutine. Dommage... Tu pourrais présenter tout de suite ta crème glacée aux chips émiettés, mais tu as envie de surprendre Marie et tu préfères garder cette recette pour un imprévu comme un manque d'inspiration, la semaine de vacances de tes parents ou une maladie. Tu te trouves très sage.

En faisant quelques recherches, tu t'aperçois qu'il existe un nombre infini de déclinaisons et de saveurs de crème glacée. Te démarquer sera un beau défi... De plus, tu n'as pas un très grand talent culinaire, tu devras donc miser sur la simplicité.

Pas facile. Et si tu ne trouves pas d'idées?

Tu empêches l'anxiété de te serrer la gorge et tu reprends le contrôle de tes pensées. Tu ouvres la porte du frigo pour t'inspirer, et une merveilleuse idée te saute au visage. Tu ne sais pas du tout comment tu feras pour proposer une dizaine de recettes différentes, mais au moins, tu tiens la première! Tu sors le ketchup, la relish et la moutarde sur le comptoir et tu les observes comme si tu attendais qu'ils se mettent à te confier de grands secrets.

Une crème glacée ketchup-relish-moutarde. OUI!!! Tu te sers un bol de crème glacée à la vanille et tu y vides un peu des contenants en traçant de belles lignes colorées. Tu portes la première bouchée à ta bouche… et la recraches aussitôt dans le lavabo. C'était meilleur pour la pupille que pour les papilles.

Tu allumes ta caméra et tu filmes tes essais et erreurs. Miser sur leur couleur est une bonne idée, mais il faut changer le goût. Tu sais que Marie a déjà un sirop aux cerises, à la crémerie. Il te faut donc inventer un sirop vert et un sirop jaune. Tu trouves facilement des recettes de sirop sur le Net et, heureusement, elles nécessitent seulement du sucre et de l'eau, ainsi que le fruit que tu utiliseras pour donner de la saveur. Tu choisis la lime pour le sirop vert et la mangue pour le sirop jaune. Tu fais des tests de recette, mais tu es toujours déçue de la couleur et tu trouves la texture trop liquide. Toutefois, le goût est excellent.

Après de nombreux ajouts de sucre, le sirop est assez consistant pour bien tenir sur la glace et tracer de belles lignes. Quelques gouttes de colorant ont réglé ton problème de couleur. Tu les essaies sur une autre boule de crème glacée et... c'est divin! Tu transvides tes sirops dans de jolis bocaux et tu te diriges, confiante, vers la crémerie.

Lorsque tu présentes ton concept à la propriétaire, ton cœur bat à toute vitesse, aussi vite que les mots qui s'échappent de ta bouche.

— J'ai-eu-une-idée ! Crème-glacée-ketchup-relish-moutarde! Peux-tu-me-donner-une-boule-de-glace-à-la-vanille?

— Ouf! Oui, avec plaisir! J'ai hâte de voir ça!

Marie affiche une mine sceptique. Tu devines que, pour une adulte, ce n'est pas vendeur, mais tu imagines déjà les élèves de ton école qui vont se ruer pour y goûter.

Tu lui fais la plus belle présentation possible et tu la laisses goûter à ta création. Tu as envie de filmer sa réaction, mais tu as trop peur qu'elle soit négative. Tu as l'impression d'être devant le jury dans une émission de cuisine. Tu entends presque la musique stressante qui précède le verdict du grand chef.

— C'est sucré en titi, mais... c'est vraiment une bonne idée ! Vendu !

Tu sautes de joie. Tu lui expliques ta recette avec entrain.

— Je crois qu'il est possible de trouver des sirops déjà fabriqués, dit-elle ensuite. Laisse-moi faire des recherches. Sinon, ce n'est pas trop difficile à faire. Ça me convient parfaitement.

Tu la quittes le cœur léger. Prochaine étape : tourner une vidéo de présentation de ta nouvelle collaboration et inviter les clients à venir déguster ta création. Tu es heureuse d'annoncer cette bonne nouvelle à tes parents, au souper. Ton père trouve ton idée originale, et ta mère te propose en rigolant de développer aussi une carrière parallèle de vendeuse de médicaments pour les maux d'estomac, car elle s'inquiète un peu de tes prochaines recettes.

CONTINUE AU NUMÉRO 41.

40

Ta chaîne a l'air beaucoup plus professionnelle. Émilie t'envoie un courriel pour te féliciter. Son message te comble de bonheur, mais moins que ce que tu vois apparaître sur sa page Facebook...

Elle a publié votre selfie !

— *J'ai découvert une nouvelle youtubeuse et je suis certaine que vous allez l'adorer ! Elle est drôle et vraiment cool ! Allez voir sa chaîne !*

Quelques heures plus tard, comme ça, sans rien faire, tu te retrouves avec une tonne d'abonnés de plus. Tu remercies le ciel, le gazon et les fourmis en espérant de tomber par hasard sur la bonne chose à remercier pour ce cadeau !

+ 5849 vues

41

Quelques jours plus tard, Marie te téléphone pour t'aviser que tout est prêt pour faire la grande annonce. Tu la retrouves à la crémerie avec ton téléphone et ton micro. Ensemble, vous décidez qu'elle aura un rôle muet. Tu diras à tes abonnés que tu leur proposeras des recettes inusitées pendant l'été et que tu les invites à venir les découvrir, à être assez braves pour sortir de leur zone de confort. Tu filmeras ensuite le local de la crémerie et tu dévoileras enfin ta nouvelle crème glacée aux condiments, que Marie a pris soin de préparer à la dernière minute pour vous assurer un visuel intéressant. Tu es donc un peu pressée et tu débutes ton tournage sans attendre.

Tu essaies quelques prises de vue et tu prends soin de filmer le beau sourire de Marie, que tout le monde connaît à ton école. Bien sûr, tu n'oublies pas d'inviter les gens à mettre un pouce en l'air sur ta vidéo et à s'abonner à ta chaîne, ce qui est le but principal de toute cette entreprise.

De retour à la maison, tu passes le reste de la journée à monter ta vidéo. Lorsque tu es enfin satisfaite, tu la mets en ligne. Tu t'émerveilles encore de la vitesse à laquelle les gens sont en contact avec ta vidéo grâce à Facebook. Les commentaires sont si nombreux que tu t'imagines que leur vitesse d'apparition génère un courant d'air qui sort de ton écran et t'ébouriffe les cheveux. Tu commences tout de suite à répondre, inquiète de perdre le contrôle tellement tout va vite !

– Poulette_9754 : *Miam ! J'y vais tout de suite !*

– *C'est ouvert !*

– Lilas Desjardins : *Wow ! Bonne idée !*

– *Merci !*

– Yoman_yo : *Est-ce qu'on peut prendre ça avec de la crème glacée à la saucisse hot-dog ? LOL !*

– *Quand tu trouveras la recette, fais-moi signe ! Hahaha !*

– Léanne Free : *Sérieux ! Ça goûte quoi ?*

– *C'est sucré et délicieux ! Essaie-le !*

Tu passes beaucoup de temps à répondre à tout le monde. Tu ne vois pas le temps passer. Une heure plus tard, tu reçois un appel de Marie, qui semble bien essoufflée au bout du fil.

— Tu ne me croiras pas ! C'est la folie ici ! Tellement que j'ai dû appeler une employée supplémentaire pour suffire à la demande. Tu es géniale ! Merci ! On se reparle bientôt pour la suite ! Je te quitte, la file déborde jusque dehors !

Tu raccroches, ébahie. Tu ramasses immédiatement ta caméra et ton micro et tu décides d'aller voir par toi-même ce que tu as créé.

Arrivée près de la crémerie, tu n'en reviens pas. Des tonnes d'adolescents dégustent ta recette et, quelle surprise, des parents et des tout-petits aussi. Tu mets ta caméra en marche et tu filmes la longue file. Tu places ton petit micro sous le nez de quelques clients qui semblent avoir envie de tenir la vedette de ta capsule.

— Comment avez-vous su que cette nouvelle saveur existait ? leur demandes-tu, telle une journaliste d'expérience.

— C'est ma sœur qui en a entendu parler sur Facebook.

— Et puis, ton verdict ?

— C'est super bon ! J'ai maintenant envie de mettre ces sirops dans mes hamburgers !

Les gens t'envoient la main, tout sourire. Tu entends même certains chuchoter :

— C'est elle, la fille de YouTube !

Tu te sens comme une vedette. Enfin, il se passe quelque chose, et tu as bien l'impression que ce n'est pas banal. Tu te promets de porter tes lunettes colorées la prochaine fois que tu sortiras en tant que youtubeuse. Si tu les avais eues aujourd'hui, tu aurais créé un bel effet...

Tu mets la capsule en ligne en soirée, pour inviter les gens à rester à l'affût de tes nouvelles recettes. Tu t'endors épuisée.

+ 3698 vues

CONTINUE AU NUMÉRO 44.

42

Le lendemain, tes yeux sont à peine ouverts que tu te rues vers ton ordinateur. Tu n'as pas rêvé, tes abonnés sont toujours là, toujours plus nombreux. Tu vois que tu as reçu un courriel. Chouette ! C'est rare. Les gens t'écrivent habituellement en commentaire.

« *Bonjour !*

Je suis la directrice marketing de la compagnie Cheveux de déesse. Nous avons découvert ta chaîne grâce à La Fille qui rit et nous avons quelque chose à te proposer. Nous aimons beaucoup ta personnalité et nous aimerions t'offrir d'associer ta chaîne à notre compagnie. Tu pourrais tester nos produits et les commenter sur ta chaîne. Tu serais rémunérée, bien sûr ! Plus ton nombre de vues et d'abonnés va augmenter, plus ton salaire augmentera aussi. Qu'en penses-tu ?

Lina Dumais »

Une demande d'association commanditaire ! Tu n'en crois pas tes yeux. Tu vas enfin faire de l'argent avec ta chaîne !

TU AS ENVIE D'EN SAVOIR PLUS AVANT DE TE LANCER?

VA AU NUMÉRO 43.

TU SAUTES SUR CETTE OCCASION EN OR ET

TU ACCEPTES IMMÉDIATEMENT?

 VA AU NUMÉRO 45.

43

Tu as vraiment envie de dire oui tout de suite, mais tu hésites. Tu visites le site de la compagnie Cheveux de déesse, pour en savoir plus. Tu n'as jamais entendu parler d'eux, mais ça ne te surprend pas, tu t'intéresses peu aux produits de beauté... Justement, peut-être que ce n'est pas pour toi de t'associer à des produits que tu n'utilises pas habituellement... Mais tu es prête à t'y mettre pour faire ta place sur les réseaux sociaux. Lorsque tu seras plus connue, tu pourras sûrement trouver des associations qui te ressemblent davantage. Tu ne dois pas commencer à faire ta difficile!

Le site présente divers shampoings, revitalisants, produits lissants, teintures. Tout semble normal et professionnel. Tu écris à madame Dumais pour lui signifier ton intérêt, mais surtout pour lui demander de t'envoyer certains produits qu'elle aimerait que tu testes, pour savoir dans quoi tu t'embarques. Tu précises aussi que tu aimerais avoir une rencontre avec eux et tes parents, puisque tu es mineure.

Sa réponse ne tarde pas. Elle est sympathique et accepte toutes tes demandes.

Quelques heures plus tard, on sonne à la porte. Lorsque tu ouvres, un livreur dépose dans tes mains un immense panier-cadeau rempli de bouteilles de toutes les couleurs et de toutes les grosseurs. Tu le remercies et tu t'étonnes de la vitesse d'envoi de la compagnie. Une livraison express juste pour toi ! Wow ! Tu te sens vraiment importante !

Tu ouvres l'emballage. Dans le panier, il y a une petite fortune en produits. Tu lis toutes les étiquettes, fascinée. Des bouteilles remplies de promesses de cheveux doux et brillants côtoient des gels, des crèmes anti-frisottis (ce produit t'intéresse particulièrement pour les jours humides où ta tête se charge de petits cheveux frisés qui s'évadent de ta coiffure). Ce qui t'étonne le plus, c'est la quantité de teintures, de toutes sortes de couleurs éclatées. Pas de petit brun « crinière de cheval » ni de noir « cape de vampire », non, des « roses piquantes » et des violets « jus de raisin », des bleus « choc électrique » et des verts « crotte de nez ». Tu t'assures que tu as bien lu le dernier nom ; effectivement, la compagnie n'a pas peur d'aller dans les classiques pipi-caca-pet.

Si madame Dumais t'a envoyé ces couleurs, c'est probablement parce qu'elle s'attend à ce que tu les utilises. Tu n'as jamais osé demander des mèches plus pâles à ta coiffeuse par crainte que ce ne soit pas beau. Auras-tu le courage de t'infliger ce grand changement, sachant que c'est payant ?

En cas de doute, vive les amis à la rescousse ! Vincent et Sara viennent te rejoindre. Sara s'extasie devant tes produits.

— Wow ! Cheveux de déesse ! Leurs produits font des miracles, mais ils coûtent la peau des fesses. Chanceuse ! Tu me jures que tu n'as rien payé ?

— Juré ! Mais là, s'ils sont trop chers, personne de notre âge ne peut se les acheter. Pourquoi je ferais des vidéos là-dessus ?

— Tu serais surprise, dit Vincent. La gang de Krykry ne jure que par ça. Ce ne sont pas seulement les filles de riches qui s'en servent, je sais que Léane et quelques autres filles du cours de maths économisent pendant des semaines pour s'en acheter.

— Ah OK ! Tu sais TOUT de Sublime ET de ses amies aussi !

Il rougit.

— J'avoue que j'espionne un peu leurs conversations…

Sara étale devant elle toutes les teintures. Elle prend les boîtes colorées une à une et les place près de ton visage.

— Tu devrais commencer par le bleu.

— Commencer? Tu crois que je devrai en essayer plusieurs?

Faire le grand saut vers une couleur punchée était déjà un beau défi. Tu ne t'imaginais pas le faire plusieurs fois...

— Si tu acceptes le contrat, tu dois montrer que tu es assez brave pour en mettre plein la vue. Ce sera drôle! Et des cheveux, ça se coupe ou ça se reteint, si tu veux revenir à une couleur plus normale. C'est écrit « Nouveau » sur la boîte. À voir la quantité qu'ils t'ont envoyée, j'ai l'impression qu'ils misent beaucoup sur ces teintures pour tes tests. Et c'est beaucoup plus facile de présenter les résultats d'une teinture que ceux d'un shampoing...

Avant de prendre une décision aussi importante, tu n'as pas le choix d'en parler à tes parents. De toute façon, une fois que tu auras les cheveux bleus, ce sera difficile de leur cacher quoi que ce soit.

CONTINUE AU NUMÉRO 46.

44

Le lendemain matin, tu ne ressens pas le besoin de faire la grasse matinée comme tous les adolescents de ton âge. Motivée par ton succès, tu planches tout de suite sur ta prochaine recette. Il faut maintenir le cap. Revisiter des mets populaires en crème glacée est une voie que tu souhaites explorer à fond. Comment pourrais-tu inventer une crème glacée poutine, déjeuner ou même sushi?

Il te suffit de trouver des ingrédients sucrés, des bonbons, par exemple, qui ressemblent à des ingrédients qu'on utilise habituellement dans ces recettes. Tu enfourches ton vélo, direction le petit magasin de bonbons, heureuse que ta recherche d'ingrédients te force à y aller. Qui peut se vanter d'être obligé de magasiner des bonbons pour son travail?

Tout sourire, tu entres dans la minuscule boutique qui contient des bocaux remplis de sucreries de toutes les couleurs, empilés jusqu'au plafond. Chaque fois que tu entres dans ce commerce, tu as l'impression de visiter un monde merveilleux hors de la réalité. La propriétaire te salue et t'offre son aide. Tu lui expliques ce que tu cherches, et ses yeux s'illuminent. Elle se met à papillonner d'un bocal à l'autre, réfléchissant à voix haute.

— Pour la crème glacée poutine, tu pourrais utiliser des guimauves miniatures pour imiter le fromage. Oh, et pour les sushis, j'ai des petits poissons en jujubes, ce serait charmant. Avec de la réglisse très mince, tu peux imiter les légumes coupés en bâtonnets...

Tu achètes un peu de tout, inspirée pour tes recettes et incapable de refuser à ton estomac une bonne dégustation. Tu repars avec ton petit (gros) sac vers la maison, en remerciant chaleureusement cette dame dévouée.

Tu as bien envie de travailler à faire des sushis crème glacée. Ce mets est populaire, et tu as de bons ingrédients pour une garniture intéressante. La crème glacée à la vanille pourra facilement remplacer le riz. Mais comment lui donner l'allure d'un sushi ?

Tu sors le contenant du congélateur et tu le regardes attentivement, comme si tu attendais qu'il règle ton problème lui-même.

Tu coupes une tranche rectangulaire de crème glacée avec un couteau, comme si tu voulais faire un sandwich à la crème glacée. Tu la ressors doucement du contenant et la déposes ensuite sur une planche à découper. Tu y jettes quelques bonbons et tu essaies de rouler le tout, comme tu le ferais avec un sushi. Mais ton rouleau fond rapidement, il craque et tu te retrouves avec un drôle de mélange qui colle à tes doigts.

Pour éviter le gaspillage, tu manges ton désastre. Le goût est plus intéressant que le visuel.

Idéalement, tu pourrais percer une boule de crème glacée et simplement placer tes ingrédients dans le trou. Tu fouilles dans les armoires, à la recherche d'un faiseur de trous. Tu découvres un emporte-pièce à biscuit, mais il est trop gros... Tu cries victoire lorsque tu mets la main sur un gadget qui permet d'enlever le cœur d'une pomme sans la couper.

Tu mets une boule dans un bol et tu insères l'objet au milieu. La crème glacée colle un peu sur le métal, mais tu te souviens qu'il suffit de mouiller l'objet d'eau chaude pour un travail plus propre, comme lorsqu'on sert un cornet avec une cuillère et qu'on veut faire de belles boules rondes. Tu refaçonnes la boule et recommences ton manège avec un outil chaud. Ça fonctionne !

Tu insères dans le trou un petit poisson-jujube, quelques brins de réglisse verte, un jujube jaune, et tu saupoudres de petits cristaux de sucre orange que ta mère utilise pour les gâteaux de fête, pour donner l'impression que c'est du caviar. C'est génial !

Tu envoies une photo à Marie avec la liste des ingrédients et la façon de les préparer.

Vivement la semaine prochaine !

CONTINUE AU NUMÉRO 47

45

Tu lui réponds dans la seconde.

« *Bonjour madame Dumais,*

Je serais ravie de tester vos produits et d'en parler sur ma chaîne. Je suis certaine qu'ils sont merveilleux! Je suis prête à commencer quand vous voulez! »

Qui dirait non à ce genre d'offre inespérée? Pas toi, en tout cas!

Au fil des échanges de courriels, elle te dit qu'elle t'enverra sous peu quelques produits et qu'elle aura besoin de l'accord de tes parents pour signer le contrat, puisque tu es mineure.

AH ZUT!

Vivement tes dix-huit ans, pour pouvoir respirer enfin par toi-même.

Tu reçois le panier de produits le lendemain et tu le caches dans ta chambre, en attendant d'avoir un plan infaillible pour obtenir l'accord de tes parents.

Comment mettre des bâtons dans les roues d'une grande youtubeuse en devenir?

Avoir des parents.

Grrrrr.

Il y en a pour une petite fortune de produits dans ton panier. Tu n'en reviens pas! Des shampoings, des revitalisants, des masques capillaires et plusieurs trousses de teinture maison aux couleurs plus éclatées les unes que les autres.

Une idée germe dans ta tête. Tu n'as pas besoin de dire à tes parents que tu collabores avec une entreprise pour te teindre les cheveux! Ce sont TES cheveux! Et une fois la teinture faite, ils n'auront pas le choix d'accepter, car ils ne voudront pas que tu aies fait ça en vain. De plus, ils seront sûrement heureux d'apprendre que tu as un nouvel emploi.

La teinture bleue te fait de l'œil. Tes cheveux ont la même couleur depuis ta naissance, il est grand temps de changer! Tu te promets que dès que tes parents seront absents, tu prendras le temps de te faire une transformation digne des plus grandes émissions de trucs beauté!

CONTINUE AU NUMÉRO 51.

46

Dès que tes parents rentrent du boulot, tu les convoques à un conseil de famille. Cette pratique a été mise en place par ta mère il y a de nombreuses années, pour « susciter la discussion sur des sujets importants de la vie de famille » et bla-bla-bla. Cette fois-ci, pour un sujet important, tu en as tout un !

Tu demandes à ta mère, qui préside le conseil (oui, oui, c'est du sérieux ! Et tu détestes ça...), d'ajouter à l'ordre du jour que tu voudrais discuter d'une proposition d'affaires que tu as reçue.

Tu vois ton père sourciller en entendant ta belle phrase. Tu as horreur de le voir se braquer avant que tu aies pu dire un mot pour te défendre. Tu prends une profonde inspiration et tu leur racontes tout à propos du courriel de Cheveux de déesse. Tu leur montres aussi ton panier de produits. Les yeux de ta mère s'illuminent devant ce beau cadeau et elle te questionne trois fois pour s'assurer que tu n'as rien payé et que tu n'as pas utilisé leur carte de crédit en cachette.

— Wow ! Ça vaut une petite fortune !

Tu es heureuse de la voir s'enthousiasmer, ce sera plus facile de la convaincre. Pour ton père, ce sera plus difficile, car le seul soin corporel qu'il s'offre est le rasage. Si on compte le lavage de dents, ça peut monter à deux soins.

Tu leur parles de la popularité de la marque auprès des jeunes («et des adultes», précise ta mère), et tu leur expliques que ce serait un beau contrat pour ajouter de la valeur à ton contenu et du sérieux à ta chaîne. Que tu as besoin de leur permission et, surtout, que tu as besoin qu'ils soient présents à la signature du contrat.

Tout semble bien aller même si ton père est plongé dans des réflexions qui lui donnent un air grave. Tu ne sais pas comment aborder la question des teintures. Pour partir du bon pied, tu avais enlevé celles-ci du panier...

— Je ne vois pas de problème, déclare ta mère. Des shampoings, des revitalisants. Ce sont des produits de bonne qualité...

Tu n'as plus le choix. Tu te lances.

— Justement...

Tu déposes doucement les boîtes colorées sur la table, comme si les brusquer risquait de déclencher l'explosion de la conversation.

— ... je crois qu'une collaboration avec cette compagnie m'obligerait à tester surtout ce genre de produits...

Les yeux de ton père s'écarquillent et ta mère émet un « ahh... » déçu.

— Je ne suis pas d'accord, déclare ton père, toujours prêt à réagir promptement et à briser les rêves du revers de la main. Tu ne vas pas te transformer en clown pour le bien d'une chaîne YouTube. Franchement !

Ta mère évite les grands jugements et préfère la discussion.

— Tu serais prête à te teindre les cheveux en rose ? En mauve ? Tu as toujours été très classique, tu es certaine que ça t'irait ?

— Ça se coupe, ça repousse, des cheveux. Je n'aurai plus de teinture apparente lorsque j'aurai quatre-vingt-dix ans, tu sais.

Tu ne sais pas si tu dis ça pour les convaincre ou pour te convaincre toi-même.

— C'est vrai. Tu n'as pas peur de faire rire de toi ?

— Si tu voyais les jeunes à mon école, il y en a qui font des trucs bien pires. Ça me ferait du bien de changer, de relever un défi, de sortir de ma zone de confort. On pourrait signer pour un test de couleur seulement. Ensuite, on verra. Ce sera une expérience de vie!

Ta mère te demande de les laisser discuter seuls. Ça veut dire que c'est sérieux. Tu montes à ta chambre, tu te couches par terre et tu colles ton oreille au plancher pour tenter d'entendre leurs arguments. Leurs voix résonnent étrangement de cette façon, mais tu réussis tout de même à capter certaines phrases.

Ton père: Ça prend une direction que je n'aime pas.

Ta mère: C'est ça maintenant, la jeunesse. Les nouvelles technologies, les blogues... Ils font tous ça.

Ton père: Je n'en suis pas si certain.

Tu manques la suite. Peut-être ont-ils commencé à chuchoter?

Tu es si heureuse de voir que ta mère est de ton côté. Mais ton père a souvent le dernier mot. En fait, le parent qui dit non a toujours le dernier mot. Quelle drôle de façon de prendre des décisions. Lorsque tu seras un parent, tu ne feras pas ça. Tu imagines d'autres façons de déterminer quel parent sortira vainqueur:

- Roche papier ciseaux?
- Une guerre de pouces?

• Un combat dans la boue !

Tu souris en imaginant tes parents revenir couverts de boue pour t'annoncer leur décision. Justement, ça cogne à ta porte. Tu leur ouvres, le cœur battant.

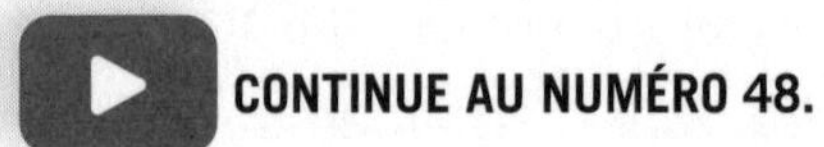

47

Heureusement, les sept jours qui te séparaient du lancement de ta recette sont passés en coup de vent. C'est aujourd'hui que les gens pourront faire la dégustation de ta crème glacée sushi. Tu as tourné la vidéo de présentation hier et tu as passé l'après-midi à faire le montage. Marie t'a proposé de donner un code promotionnel dans ta capsule. Tu as donc précisé que toutes les personnes qui porteraient des lunettes loufoques, achetées ou fabriquées à la main, obtiendraient un rabais de 15 % sur leur achat de crème glacée sushi. Les réactions ont été positives dès la mise en ligne.

Cette fois, tu ne veux pas manquer l'arrivée des gens, tu es donc à la crémerie avec Marie dès l'ouverture. Tu aurais aimé voir une file qui s'allonge avant même l'heure prévue, mais il n'y a personne. Devant ton air déçu, Marie te rassure :

— Ne t'en fais pas, ils viendront. Promis !

Effectivement, quelques minutes plus tard, tu vois un groupe de jeunes arriver avec des drôles de lunettes. C'est parti !

Marie et son employée manquent vite de mains pour tout faire. Marie te demande si tu peux venir aider en faisant les trous dans les boules. Tu acceptes avec plaisir, tu sais comment faire !

Vous servez des sushis pendant toute la journée. Tu téléphones à tes parents pour leur dire que tu ne viendras pas souper, tu ne veux pas laisser Marie dans le pétrin. C'est merveilleux de voir tous ces gens, le sourire aux lèvres, arborant des lunettes colorées. Plusieurs te saluent derrière le comptoir, certains prennent même des photos de toi avec tes jolies lunettes, comme si tu étais une vedette !

En soirée, lorsque Marie sert les derniers clients et barre la porte derrière eux, vous vous effondrez sur une chaise.

— J'en reviens pas ! As-tu vu tous ces gens ?! Tu as eu une idée de génie. Merci de me l'avoir proposée ! En passant, tu seras payée pour ta journée, je ne sais pas ce que j'aurais fait sans toi !

— Oh ! Merci ! C'était fou !

Tu es sans mot. Tu repenses à ta journée de rêve. De nombreux élèves de l'école à qui tu n'avais jamais parlé sont venus à la crémerie, et ils te saluaient comme si vous étiez de vieux amis. Tu as espéré secrètement que BB viendrait, mais tu ne l'as pas vu... Il est peut-être parti en vacances...

— Penses-tu que tu pourrais venir travailler avec moi les jours de lancement de nouvelle recette? À mon avis, ce sera le jour le plus achalandé. On verra pour les suivants, si ça se calme ou si ça continue à être aussi fou. Tu es efficace et tu sais ce qu'il faut faire, c'est toi l'inventrice!

— Inventrice? C'est donc ben laid comme mot!

— Oui! En fait, je pense que c'est le bon mot, mais j'avoue que ça se dit mal...

— Ça va me faire plaisir de venir t'aider. Seras-tu OK pour les autres journées?

— Oui, oui. Je me débrouille seule la majorité du temps et j'ai une employée pendant les heures de rush. Et comme tu as quatorze ans, je ne peux pas t'engager vraiment... Depuis la semaine dernière, j'ai décidé d'avoir toujours quelqu'un avec moi. Sinon, je ne suffis pas à la demande! C'est de ta faute! t'accuse-t-elle avec un grand sourire.

Tu es heureuse d'avoir un nouvel emploi.

Une fois arrivée à la maison, tu dévores les restes du souper mis de côté pour toi par tes parents. Dès que tu ouvres ton compte Facebook, tu constates qu'aujourd'hui, il s'est passé de grandes choses.

Ton fil d'actualité regorge d'images de tes amis photographiés avec leur crème glacée sushi et leurs lunettes comiques. Tu es *taguée* sur la majorité des publications et celles-ci sont partagées des centaines de fois. Des dizaines de purs inconnus te demandent de devenir leur amie. Mais tes parents sont très stricts à propos de tes amitiés sur Facebook : tu dois bien connaître chacune des personnes que tu acceptes. C'est loin d'être le cas ici. Tu es face à un dilemme... Plus tu auras d'amis sur Facebook, plus ce sera facile de les atteindre avec tes vidéos. Mais tu sais que tes parents seraient bien fâchés d'apprendre que tu as désobéi et, avec plus de cent nouveaux amis en une journée, c'est évident qu'ils te poseraient des questions...

Tu t'aperçois qu'il est peut-être temps d'avoir une page professionnelle à ton nom... Des frissons de bonheur te parcourent le dos et les bras. Tu espères que tes parents t'accorderont leur permission...

+ 9852 vues

CONTINUE AU NUMÉRO 49.

48

À voir leur visage, tu ressens un certain soulagement. Ton père affiche un air maussade, mais ta mère peine à cacher son sourire. Elle a gagné ! Tu les laisses tout de même t'annoncer le fruit de leur réflexion afin de ne pas te réjouir trop vite.

— Nous allons te donner la permission, déclare ta mère.

Mais son ton sous-entend que le « MAIS » s'en vient. Le foutu « MAIS » qui débarque tout le temps avec ses gros sabots qui écrasent tous les espoirs de vie meilleure.

— Mais nous voulons être consultés pour toutes les décisions qui entourent ce contrat, et nous le signerons seulement si la compagnie accepte d'y ajouter une clause stipulant que nous, ton père et moi, pouvons décider d'y mettre fin n'importe quand.

Wow... Super... Tu as les parents les plus contrôlants du pays. Quelle honte ! Ton petit peupa et ta petite meuman, toujours derrière toi, comme si tu n'étais pas capable de réfléchir par toi-même.

— Oubliez ça ! C'est trop honteux ! Je ne le ferai pas ! Vous êtes contents ?

— Ben voyons! s'étonne ta mère.

Ton air de bœuf leur indique la sortie de ton repaire et tu fermes la porte derrière eux, juste assez brusquement pour que ça te fasse du bien, mais juste assez doucement pour éviter que ton père ne pète les plombs. Il ne supporte pas qu'on claque les portes, tu l'as appris à tes dépens lorsque tu étais plus jeune.

Tu n'en peux plus! Tu étouffes! Si tu étais plus riche et moins peureuse, tu quitterais sur-le-champ cette prison et tu leur prouverais que tu peux voler de tes propres ailes. Puisque tu t'imagines mal en fugueuse, tu t'effondres sur ton lit en pleurant de rage et de désespoir.

Après quelques minutes de larmes intarissables, ta mère cogne à ta porte. Tu devines que c'est ta mère, car ton père n'a pas encore compris que tu es désormais assez vieille pour qu'on respecte ta vie privée en n'entrant pas dans ta chambre comme dans un moulin. Tu n'as aucune idée de comment on entre dans un moulin, mais tu as déjà entendu cette expression et tu t'imagines que ce doit être sans cogner.

Tu ne réponds pas. Ta mère entrouvre la porte et te demande:

— Je peux entrer?

Tu ne réponds toujours pas. Elle entre quand même et s'assoit près de toi. Tu n'as pas envie de la voir, mais tu n'as pas la force de t'obstiner avec elle pour qu'elle s'en aille.

— Tu grandis, ma belle. De plus en plus, tu vas avoir des décisions importantes à prendre et ton père et moi, nous ferons de notre mieux pour t'accompagner. Nous comprenons que c'est ton rêve, mais nous ne voulons pas que tu t'embarques dans des trucs dont tu ne perçois pas toutes les conséquences possibles. Il faut être prudents. Tu es mineure, donc sous notre responsabilité. Les parents ont le devoir de superviser ce genre de situation. La directrice comprendra très bien, tu verras. Ce ne doit pas être la première fois qu'elle vit ça.

Tu sors tes yeux de ton coussin mouillé. Elle n'a pas tort. Tu te lèves, tu sors ton téléphone et tu pianotes un peu sur l'écran.

— Dans mille deux cent quatre-vingt-onze jours, je serai majeure et je serai bien débarrassée de vous. En attendant, je vois bien que je n'ai pas le choix.

Ta mère sourit doucement.

— J'étais comme toi, à ton âge. Je te comprends. On va essayer de faire en sorte que tout se passe bien, OK ? Le mérite des gens qui réalisent leurs grands rêves est de ne pas laisser tomber au premier obstacle. Secoue-toi, c'est moins pire que tu ne le crois. Avoir les cheveux colorés en licorne, c'est bien pire !

Si tu avais su qu'elle avait un peu raison, tu aurais peut-être pris une autre décision.

CONTINUE AU NUMÉRO 50.

49

Tu convoques tes parents à un conseil de famille.

Si au moins vous étiez plusieurs enfants, vous pourriez vous liguer contre les parents et avoir un certain pouvoir de décision. Là, les conseils de famille ressemblent surtout à un sermon en règle qui consiste à t'imposer les choix de tes parents et durant lequel tu ne peux pas dire grand-chose, car tu es minoritaire en termes de « nombre d'enfants » contre « nombre de parents ». Mais pour une fois, tu as décidé d'utiliser le concept à ton avantage. Tu leur envoies donc une invitation par texto et tu planifies ton discours argumentatif. Il faut bien que ça serve, parfois, ce qu'on apprend à l'école !

Dès que vous êtes assis devant votre assiette, le conseil commence. Tout cela se déroule de façon très officielle et tu as toujours beaucoup de mal à prendre ça au sérieux. En fait, ce protocole te rend mal à l'aise et les malaises te donnent systématiquement envie de rigoler. Mais ce soir, tu es très concentrée pour mettre de ton côté toutes les chances d'avoir une réponse favorable à ton désir d'évolution facebookienne.

C'est ta mère qui préside le conseil, cette fois-ci. Vous commencez par les félicitations et les remerciements.

Ton père te félicite pour ta chambre qui est assez bien rangée depuis le début des vacances. Tu ne lui dis pas que c'est parce que tu es toujours partie qu'elle reste comme ça. Tu lui fais ton plus beau sourire de reconnaissance de petite fille gentille.

Tu remercies ta mère d'avoir fait ton lavage à ta place cette semaine, car tu étais trop occupée à la crémerie et que tu n'avais plus rien à te mettre. Tu remercies ensuite ton père d'entretenir la piscine et tu évites de préciser que tu ne l'utilises jamais parce que l'eau est trop froide. Être un peu téteuse ne peut pas nuire.

Tu demandes de mettre « page pro Facebook » à l'ordre du jour et tu vois les sourcils de ton père former des accents circonflexe. Tes parents ajoutent quelques points à propos de votre choix de destination vacances et sur le ménage (maudit ménage !).

Enfin, c'est ton tour de prendre la parole. Ils sont déjà au courant de tes derniers succès à la crémerie, car ils ont encore et toujours droit de regard sur tout ce que tu produis. Tu leur expliques ton nouveau problème et la solution envisagée pour le régler. Tu crois les convaincre avec ces arguments :

Avec une page pro :

- tu offres aux inconnus le contenu qu'ils veulent, mais ils n'ont pas accès à ta vie privée ;
- tu as accès à toutes les statistiques de tes publications, ce que tu ne peux pas avoir avec une page « normale » ;
- tu peux payer de la publicité (sur ce point, ton père se racle la gorge et précise que c'est loin d'être une option pour le moment. Il manque tellement de vision, c'en est triste...).

Ta mère le ramène à l'ordre en affirmant que ce n'est pas son tour de parole.

Tu continues :

- la page pro te donnerait l'air plus professionnelle ;
- elle serait destinée aux gens qui s'intéressent vraiment à ta chaîne.

Ton père lève la main et ta mère lui donne le droit de parole. Tu détestes ce jeu, mais tu l'endures pour le bien de ta cause.

— Est-ce que ça te fera passer beaucoup plus de temps sur Facebook qu'avant ?

— Non, je ne crois pas. Je mettais mes vidéos en ligne sur ma page perso, ça ne devrait pas changer grand-chose.

Ta mère demande à voir une page pro que tu fréquentes. Tu leur expliques les différences et ça semble les rassurer.

Ils utilisent encore une fois leurs SPDA: « Faire de la télépathie ». C'est officiellement leur préféré! Ils se consultent d'un coup d'œil et acceptent sans autre question ta proposition. Tu les embrasses de bonheur et tu leur dis qu'ils sont les meilleurs parents au monde.

— Super! Ça compense un peu pour toutes les fois où nous sommes les pires..., se moque ta mère. Et n'oublie pas qu'on veut tout voir!

— Oui oui, promis!

Tu débarrasses ton assiette et ranges quelques trucs qui traînent sur la table pour éviter qu'ils te demandent de redescendre les aider une fois que tu auras monté l'escalier jusqu'à ta chambre. Parfois, tu te demandes s'il n'y a pas un laser invisible qui les avise que tu as touché la dernière marche, pour les assurer que tu es bien rendue en haut avant qu'ils te fassent redescendre. C'est probablement un autre de leurs SPDA.

Tu cours t'enfermer dans ta chambre et, en quelques clics, tu as ta page pro! Tu invites tous tes amis à « l'aimer » et tu en fais la promotion sur ta page personnelle. Ta mère et ton père deviennent aussi tes *fans,* et tu es heureuse d'avoir deux personnes supplémentaires. Tu réfères toutes les demandes d'amitié des inconnus vers ta page, soulagée de ne pas les perdre. Tu ajoutes les liens vers toutes tes vidéos déjà publiées, tu rédiges ta description, places une photo d'en-tête (la même que celle de ta chaîne) et une miniature.

La magie des réseaux sociaux! C'est merveilleux!

Le nombre de tes *fans* Facebook augmente. C'est fou comme ta vie professionnelle dépend de ces petits chiffres qui fluctuent, autant sur ta chaîne que sur ta nouvelle page... C'est vraiment rassurant de voir que les gens sont au rendez-vous, et tu veux tout faire pour les garder.

CONTINUE AU NUMÉRO 53.

50

Effectivement, la rencontre avec madame Dumais s'est bien passée. Elle a été très compréhensive et la clause « parents surprotecteurs » était déjà incluse au contrat. Tes parents sont peut-être un peu normaux, finalement.

Le contrat est assez simple. Tu fais des vidéos soit pour montrer comment utiliser les produits, soit pour démontrer le résultat final, soit pour jaser de ton appréciation. Lorsque tu demandes à la dame ce qui se passera s'il y en a un que tu n'aimes pas, elle te fait son sourire le plus charmant et répond :

— Nous allons espérer très fort que tu les aimeras tous vraiment beaucoup.

Tu trouves que sa réponse n'est pas claire, mais celle-ci semble finale, tu n'oses donc pas revenir sur le sujet. Avant la rencontre, tu as insisté énormément auprès de tes parents sur le fait que tu ne veux pas qu'ils prennent une trop grosse place dans la discussion et que tu es une personne autonome et responsable ; alors ils ne t'aident pas à obtenir une réponse plus précise. De toute façon, puisque tout le monde aime ces produits, tu ne vois pas pourquoi ce ne serait pas le cas pour toi.

Dès ton retour à la maison, tu replaces les contenants dans le panier, comme si tu venais tout juste de le recevoir. Tu te filmes pour annoncer ta nouvelle collaboration et présenter fièrement ton cadeau. Tu demandes à tes *fans* d'écrire en commentaire leur produit préféré ou celui qu'ils aimeraient découvrir et, bien sûr, de mettre un pouce levé s'ils aiment ton contenu.

Les réactions sont positives. Tes amis et les jeunes de ton âge aiment beaucoup les tests de cosmétiques. Souvent, ils n'ont pas les sous pour s'offrir ces produits et ils sont curieux de voir si ceux-ci tiennent leurs promesses. Tu apprécies ta chance et tu t'imagines recevoir tout plein de cadeaux, de la nourriture, des vêtements, une voiture ! On peut toujours rêver !

Tu n'es pas surprise de constater que tes *fans* veulent que tu essaies les teintures en premier ! Leurs couleurs vives sont très attirantes, et comme ça prend une bonne dose de courage pour tenter un changement aussi drastique, les gens sont toujours contents de voir quelqu'un d'autre prendre le risque. Tu décides donc de tester le shampoing « cheveux soyeux » durant quelques jours, question de commencer doucement. Puis, la semaine prochaine, tu oseras le grand saut !

Tu décides de ne pas te laver les cheveux aujourd'hui afin d'être prête demain à prendre ta photo « AVANT », pour montrer à quel point tes cheveux sont épouvantables au début du test. Tu n'oublies pas de porter tes lunettes loufoques, c'est TA façon d'être originale et de te faire reconnaître!

Tu passes les jours suivants à documenter tes observations. Tes cheveux sentent bon, ils sont doux et tu as l'impression qu'ils sont plus légers. Une fois toutes tes capsules filmées, tu en fais un montage que tu envoies à madame Dumais avant de le mettre en ligne. Tu veux t'assurer que ça correspond à ses attentes.

Sa réponse est positive et elle te donne le « *Go* » pour la diffuser. Elle te demande seulement d'écrire le nom de la compagnie dans ta publication.

Les réactions sont bonnes! Tes *fans* sont ravis. Plusieurs te disent qu'elles iront se procurer ce fabuleux produit sous peu. Tant mieux! Tu es bien consciente que le but de l'entreprise est de faire grimper les ventes.

À la fin de la vidéo, tu fais un petit sondage pour demander à tes *fans* quelle couleur ils aimeraient que tu testes, en leur offrant trois choix:

a) Bleu

b) Bleu

c) Bleu

Tu te trouves bien drôle. Faire le grand test de la teinture est déjà tout un défi pour toi, tu veux au moins choisir la couleur avec laquelle tu vivras durant les prochaines semaines.

Bien sûr, les commentaires vont dans tous les sens et plusieurs prennent plaisir à ajouter de nouveaux choix à ton sondage. On te propose arc-en-ciel, kaki, beige ainsi que quelques suggestions qui semblent provenir d'élèves de ton école : des couleurs nommées en l'honneur de certains de tes profs : « gris à odeur de cigarette de Madame Ginette » et « couleur repousse douteuse qui manque d'entretien ». Tu es heureuse de voir tout le monde s'amuser et avoir le cœur à rire. Ta chaîne est celle du bonheur, assurément !

Puisque c'est un test, tu n'as fait aucune recherche sur le Net pour te préparer. Tu te contenteras des consignes écrites sur la boîte. Le fait que tu sois novice dans le domaine ajoute un aspect accessible pour tous sur lequel tu pourras miser. Si tu peux teindre tes cheveux toi-même, tout le monde est capable de le faire !

Tu te promets de t'y mettre dès que possible.

+ 3654 vues

CONTINUE AU NUMÉRO 51.

51

En t'habillant ce matin, tu as pris soin d'enfiler de vieux vêtements pour éviter de gâcher ceux que tu préfères. Tu aurais aimé que Sara soit présente pour te soutenir, mais elle devait rester à la maison pour aider ses parents. Elle a semblé douter de ton plan et a insisté pour que tu l'attendes. Tu préfères régler ça aujourd'hui. Tu ne l'as pas avoué à ton amie, mais tu crains de te dégonfler. La couleur bleue que tu as choisie changera ton look, c'est sûr ! Tu n'es pas certaine d'assumer ton choix à 100 %, mais pour le bien de ta chaîne, tu es prête à tout ! Tu ne dois pas être la première à faire ta teinture seule, ce ne doit pas être si difficile que ça. De toute façon, tu sais bien lire les instructions.

Des lunettes roses sur la tête, tu places ta caméra et commences ta vidéo en expliquant chacun de tes gestes. Tu ouvres la boîte et tu alignes les gants, le pinceau et divers tubes sur le comptoir de la salle de bain. Tu es heureuse qu'on ne te demande pas de décolorer tes cheveux. Une fois les mains prêtes à appliquer le produit, tu t'aperçois que tu portes encore tes lunettes. Tu hoches brutalement la tête pour les faire tomber par terre.

— Ne faites pas ça à la maison! Des lunettes, c'est fragile!

Comme proposé dans le mode d'emploi, tu appliques ensuite de la gelée de pétrole sur ton front et tes oreilles, sinon tu les teindras eux aussi. Comme tu ne veux pas te transformer en schtroumpf et avoir l'air complètement ridicule, tu respectes les consignes à la lettre.

Tu commences à «peindre» tes cheveux avec le petit pinceau. Tout va bien! Les minutes passent et tu te rends compte que ta chevelure est beaucoup plus fournie que tu ne le croyais. C'est long, tu as les bras fatigués et tu vois ta quantité de teinture baisser à vue d'œil. Pour accélérer le processus et mieux répartir la couleur, tu décides de frotter tes cheveux directement avec tes mains gantées.

Tu respectes le temps de pause de trente minutes et tu rinces ensuite tes cheveux. C'est le grand moment: tu vas enfin voir le résultat! Tu te places devant le miroir... et il te renvoie l'image de la même brunette qui était là ce matin. De petits reflets bleus sont visibles pour quiconque a l'œil un peu vif et une bonne loupe.

La caméra capte ta déception et tu te dis que ce n'est pas très vendeur pour Cheveux de déesse. Tu écris à madame Dumais en lui expliquant ton problème. Tu attaches tes cheveux et les couvres d'un bandeau, simplement pour t'assurer que tes parents ne décèleront pas l'échec. Madame Dumais te répond rapidement en te faisant remarquer qu'il y a du décolorant dans ton panier. Elle t'explique que ce n'est pas toujours utile, mais que pour toi, ça semble l'être. Elle t'offre aussi de te retourner plusieurs tubes de couleur bleue par un coursier. Tu la trouves très efficace. Toutefois, tu ne sais pas si tu es prête à décolorer tes cheveux. C'est quand même un pas important et ça te fait peur.

Tu poursuis ta réflexion les jours suivants. Un matin, tu sens une vague de courage te gagner et, lorsque tu te retrouves finalement devant ton miroir avec le décolorant prêt à être utilisé, tu es sereine. Les gens qui réussissent prennent des risques. Tu en es une !

Toujours sous l'œil de ta caméra, tu appliques le produit et tout de suite, tu sens que ton cuir chevelu picote et brûle un peu. C'est vraiment chimique ! Après quelques minutes, tes cheveux sont blonds, mais pas un beau blond de jolie demoiselle, non, un genre de jaune « cheveux agonisants » ! Tu entames tout de suite la deuxième coloration pour éviter que tes parents stoppent tes démarches à cette étape. Pour la caméra, tu feins d'être heureuse et parfaitement en contrôle de la situation.

Tu décides de passer directement à l'étape « ne perdez pas de temps avec le pinceau, utilisez vos doigts » ; ton expérience t'aura au moins appris ça. Tu utilises deux tubes de bleu et tu laisses agir quarante-cinq minutes au lieu des trente recommandées, pour t'assurer que ton bleu sera bien vif.

Plus les minutes passent et plus tu t'inquiètes du résultat final. Le fond de ta tête semble d'un beau bleu électrique, mais le reste de tes cheveux passe du jaune au vert et semble vouloir en rester là. Ta tête brûle sous l'effet du produit. Tu te tournes dos à la caméra pour essuyer les larmes de douleur et d'angoisse qui coulent sur tes joues. Lorsque la minuterie sonne la fin du traitement, tu te rues vers la douche pour enfin te débarrasser du produit. Bien sûr, tu éteins ta caméra. Tu lui présenteras bientôt le résultat final.

Dès que tu passes ta tête sous l'eau, tu comprends que quelque chose ne va pas. Dans le fond de la douche s'accumulent de longs cheveux verts. Puisque tu es certaine qu'aucune Martienne ne te tient compagnie sous le pommeau, tu comprends vite que ces cheveux t'appartiennent et qu'ils ont décidé de se sauver de ta tête!! Tu frottes doucement ton cuir chevelu. Tes doigts récoltent des mèches complètes.

C'EST LA CATASTROPHE! Tu détestes Cheveux de déesse, tu es complètement dévastée.

Tu n'oses même pas sécher tes cheveux avec une serviette, de crainte de devenir complètement chauve.

Plus jamais tu ne sortiras de la salle de bain. Dans ton outil de recherche sur ton téléphone, tu tapes : « Combien de temps repousse cheveux ».

Tu sais maintenant qu'à une vitesse maximale de deux centimètres par mois, tu en as au moins pour l'année avant de pouvoir te repointer le bout du nez à l'extérieur. Non seulement ta carrière de youtubeuse est terminée, mais ta vie aussi.

52

Dans les pires moments de la vie, on peut toujours compter sur la compassion d'une amie. Tu téléphones à Sara, complètement paniquée. Elle trouve une raison pour expliquer à ses parents qu'elle doit s'éclipser et elle se précipite chez toi. Elle cogne à la porte de la salle de bain quelques minutes plus tard.

Lorsqu'elle te voit, elle éclate de rire.

Ce genre de compassion…

— On pourrait peut-être faire confectionner une perruque avec tes cheveux tombés, dit-elle en observant la poignée que tu tiens dans tes mains et le fond de la douche, où il semble traîner un petit animal mort.

— Est-ce que je devrais refaire une teinture bleue, au moins pour sauver la couleur ? proposes-tu, en recherche d'une solution d'urgence.

— Heu non ! Tu veux vraiment que les quelques cheveux qu'il te reste décident de te quitter définitivement ?

— Mais ce vert est horrible…

— Pauvre peanut! Tu n'as jamais regardé des fails de teinture sur YouTube?

— Non, ça ne m'intéresse pas...

— Eh bien, si ça t'avait intéressée, tu n'en serais peut-être pas là. Tu es loin d'être la seule à qui ça arrive...

Tu pleures à chaudes larmes.

— Mes parents vont me tuer. Mon père va me renier et m'envoyer dans une tribu amazonienne où les gens pourront me confondre avec la verdure. Quelle horreur!

Sara te force à te lever, t'enfonce ton sombrero sur la tête, souvenir de voyage au Mexique offert par ta tante que tu ne sais jamais où ranger et qui traîne dans ta chambre, et te dirige vers la porte.

— *Go!* On s'en va chez ma coiffeuse. Elle va t'arranger ça.

⌄⌄⌄

La coiffeuse a fait ce qu'elle a pu. Elle t'a d'abord appliqué un traitement douceur pour calmer l'irritation de ton cuir chevelu et pour redonner un petit coup de pep à tes cheveux. Ensuite, elle les a coupés. Elle t'a proposé de revenir la visiter pour une nouvelle coloration plus tard, mais tu as décliné l'offre, traumatisée par tes dernières expériences. Elle t'a bien sûr un peu sermonnée et t'a fait promettre de la consulter la prochaine fois que tu voudras jouer à la testeuse capillaire. Sara t'accroche une barrette fleurie au toupet et tu essaies de prendre une attitude de fille qui souhaitait exactement ce résultat. Tu n'as pas le choix, tu devras avoir l'air parfaitement en contrôle de la situation devant tes parents.

Lorsque tu arrives à la maison, le cœur te serre en constatant que tes parents sont déjà de retour. Tu te mets un sourire sur le visage, tu relèves la tête et tu passes la porte, l'air de rien.

En apercevant ta mère les bras chargés de tes produits et d'une guenille, tu te rappelles que, dans l'urgence, tu as oublié de ramasser les vestiges de la catastrophe! Ta mère déteste que tu te laisses traîner, et là, tu admets que tu as laissé une belle trace partout.

Elle lève les yeux vers toi, le sermon sur le bout des lèvres, mais se ravise lorsqu'elle te voit. Elle est sans mot.

C'est le temps de jouer le grand jeu. Tu t'exclames, avec une joie forcée:

— C'est beau hein?!

Ton père s'approche et semble hésiter quant à la réaction à adopter. Habituellement peu tenté par les réactions nuancées, tu sais qu'un de ses points sensibles est ton apparence et, donc, que l'explosion est à craindre. Mais ta mère l'a si souvent sermonné à propos de l'importance du père dans l'estime de soi d'une fille que tu sais qu'il prend toujours bien soin de choisir ses mots lorsqu'il parle de ton apparence physique. Il ne doit pas trop parler de ta beauté pour que tu n'aies pas l'impression que c'est tout ce qui compte, et il doit faire attention à ses commentaires sur tes changements physiques dus à la puberté, tout en te montrant que tu es merveilleuse pour ses yeux de père. Vraiment, tu n'aurais jamais pensé que c'était aussi compliqué, être le père d'une fille... La seule coupable dans ce malaise est ta mère qui met toujours un peu trop de pression sur tout le monde pour que tous se sentent bien. Toutefois, aujourd'hui, elle semble avoir oublié ses grands principes. Ton père est devenu muet? Ta mère, non.

— Qu'essé ça?!? grince-t-elle entre ses dents, en plaçant sous ton nez tes cheveux ayant quitté le domicile familial.

SI TU AS TOUT FAIT EN CACHETTE (TU ARRIVES DU NUMÉRO 45),

 **CONTINUE AU NUMÉRO 56.**

SI TES PARENTS ÉTAIENT AVISÉS DE TON ENTENTE AVEC CHEVEUX DE DÉESSE (TU ARRIVES DU NUMÉRO 50),

 **CONTINUE AU NUMÉRO 55.**

53

Tu ne peux pas chômer et profiter simplement de ton succès. Tu fouilles sur Internet à la recherche d'inspiration pour tes prochaines œuvres glacées. Tu as l'impression d'avoir ouvert le bon tiroir dans ta tête, comme si tu comprenais davantage ce qui a fait le succès de tes créations: les ingrédients étonnants sont le secret!

Tu repenses à ta crème glacée aux chips, celle qui a tout changé. Tu pourrais peut-être en inventer une aux pretzels... ou à une autre sorte de chips...

Dans tes recherches, tu tombes souvent sur des articles qui parlent des goûts étranges des femmes enceintes, avec leur crème glacée aux cornichons. Yeurk. Mais ce serait chouette de pouvoir choisir parmi plusieurs ingrédients et de créer soi-même SA crème glacée parfaite, même si tout le monde la trouve dégueulasse. Marie ne peut pas tenir des ingrédients douteux pour une seule personne...

Soudain, tu imagines un bar à crème glacée... Comme les comptoirs à sous-marins où on demande les garnitures qu'on préfère et où on peut même préciser la quantité voulue. Certaines crémeries offrent déjà des choix de paillettes brillantes, de pépites de chocolat et d'autres petits bonbons.

Mais toi, tu imagines des contenants de chips concassés de différentes saveurs, des pretzel, du popcorn... En agençant ces ingrédients aux multiples parfums de crème glacée que Marie offre déjà, les possibilités sont infinies! Tu te doutes que certaines combinaisons seront infectes, mais les adolescents aiment provoquer des réactions et se donner des défis étranges...

Tu téléphones à Marie et tu lui expliques ton nouveau concept. Tu lui proposes que ce soit le dernier, puisque l'été avance très rapidement et que ton voyage familial t'enlève plusieurs jours de disponibilité. Avec ce concept, tu crois qu'elle pourra répondre à la demande de ses clients pour un bon bout de temps, car ce sont eux qui pourront inventer des recettes à l'infini! Et ce n'est pas bien compliqué à installer, vous n'aurez qu'à taper sur des sacs de croustilles et à exposer les dégâts dans différents bols sous le comptoir vitré. Elle est emballée par l'idée même si elle jure qu'elle n'y goûtera pas cette fois. Elle fait confiance aux ados aux goûts bizarres pour dévaliser son inventaire. Vous fixez la date du lancement à dans deux jours, et tu l'annonces immédiatement sur ta page pro! (Yé!)

CONTINUE AU NUMÉRO 54.

54

À l'ouverture, il y a déjà une longue file de clients qui trépignent d'impatience, pressés de commander leur crème glacée unique. Tu remarques que l'affluence de garçons a augmenté, et tu comprends, aux bribes de conversations qui jaillissent du rang, qu'ils compétitionnent à savoir qui aura la recette la plus spectaculaire et qui sera capable de la manger jusqu'à la dernière bouchée.

Soudain, la foule semble se scinder en deux, et un rayon de soleil illumine un garçon portant d'immenses lunettes jaunes sur son visage.

BB.

Il est là, à quelques pas de toi, avec des lunettes inspirées de TA chaîne, venu participer à TON initiative. Tu as aujourd'hui la preuve qu'il sait que tu existes. Tu cours te cacher dans la crémerie pour reprendre tes esprits. Ton cœur bat, tes joues brûlent et rougissent comme des braises ardentes. Tu inspires profondément pour ne pas dévoiler ton émoi.

Il entre finalement dans la crémerie et commande une glace à la gomme balloune, garnie de chips au vinaigre, de pretzels et d'un coulis de beurre d'arachide (c'était une de tes idées de dernière minute, et tu te félicites d'y avoir pensé !). Il semble bien s'amuser, mais il ne te regarde même pas ! Tu n'es pas pour le forcer à te regarder en lui tournant la tête toi-même avec tes mains... Tu sembles invisible à ses yeux. Soudainement, ton succès ne rime plus à rien. Tu vois les gens rire entre amis, Marie sourire aux anges, mais toi, tu ne te sens plus de ce monde. Ton univers est noir et sans bonheur.

« BB, tu es vraiment poche ! » te dis-tu intérieurement. Finalement, c'est sûrement un nombril du monde qui ne peut pas se permettre de dépenser de l'énergie pour les autres. Même un simple regard de sa part doit être mérité. Tant pis pour lui, il ne sait pas ce qu'il manque.

Marie semble inquiète de ton soudain manque d'entrain, et tu te reprends. Tu es une professionnelle, et tes échecs sentimentaux ne doivent pas déteindre sur le reste. Mais un gros nuage a assombri ta journée, malgré ton grand succès. Tu as la preuve que sans l'amour, le succès et la belle paye ne riment à rien (et même si c'est une réflexion quétaine, ça te fait quand même de la peine).

Vivement les vacances avec tes parents. Tu as envie de fuir sans un regard derrière.

De retour à la maison, tu prends conscience que ces tristes états d'âme ne sont pas seulement liés à ta déception amoureuse. Ce voyage, qui te faisait envie il y a quelques heures, sonne aussi l'approche de la fin des vacances. Ton entente avec Marie est déjà terminée. La crème glacée, c'est populaire l'été, mais pas vraiment le reste de l'année. Tu vas devoir renouveler tes idées et pousser ton imagination pour continuer ton ascension de youtubeuse.

Tout cela est un peu angoissant. Tu crains que ta carrière se termine avec la saison chaude, comme un bel amour de vacances. Peut-être pourras-tu recommencer l'expérience l'été prochain? Secrètement, tu espères que dans un an, tes projets seront encore plus éblouissants et *jet-set* que d'inventer des recettes de crème glacée. Tu vises les sommets. Mais avant, tu devras trouver une excellente façon de garder ton public en septembre...

CONTINUE AU NUMÉRO 57.

55

Tu ramollis. Ta lèvre d'en bas se met à trembler, et tu avoues finalement, d'une toute petite voix :

— Je voulais faire ma teinture seule, je pensais que ce serait bleu et ça a mal tourné. Je déteste la couleur et on dirait que j'ai tué mes cheveux...

Le regard de ton père s'adoucit, il réprime même un sourire.

— Si tu n'avais pas fait ta tête de cochon à vouloir tout faire toute seule, nous aurions pu t'aider...

Tu te mets à pleurer dans les bras de ta mère.

— Pauvre chouette ! Ce n'est pas si pire. Rien ne peut gâcher ta beauté ! tente-t-elle de te réconforter. Que vas-tu dire à madame Dumais ?

— Que tu es verte de rage à cause de ses produits ? pouffe ton père. Ou que ses produits t'en ont fait voir des vertes et des pas mûres ?

Tes parents sont hilares.

Ta mère en ajoute une couche :

— En tout cas, tu es prête pour la classe verte ! Je te dis que la prochaine fois, on va attendre avant de donner le feu vert à tes projets !

Tu finis par être contaminée par leurs blagues à la qualité douteuse et tu remets tes idées en place.

— Je vais faire un montage très honnête de mon test et je vais l'envoyer à madame Dumais. Si elle n'est pas d'accord avec sa diffusion, je vais respecter sa décision et mettre fin à notre contrat. J'ai besoin d'être authentique avec mes *fans.* Si elle me permet d'aller de l'avant, tant mieux. Il faut bien que ce désastre puisse au moins servir à quelque chose d'utile et d'idéalement payant, car si tout cela fonctionne, un jour je pourrais recevoir des revenus publicitaires !

Lorsque tu passes devant le miroir de ta chambre, tu vois une adolescente aux cheveux verts mais au fond de tête bleu, qui a beaucoup de détermination dans l'œil. Tu l'aimes bien, cette fille. Elle sait se relever des épreuves et, tu es certaine d'une chose, elle n'a pas peur du ridicule !

Tu passes les heures suivantes à monter la vidéo de ton désastre. Plus tu es confrontée à cette épreuve, plus ça la dédramatise. Tu ajoutes la narration de tes pensées du moment sur les images et ça ajoute de l'humour et de l'autodérision. Tu termines ton travail pliée en deux, frappée par un fou rire qui évacue toutes les tensions accumulées dans la journée.

En soirée (elle travaille vingt-quatre heures sur vingt-quatre!?), madame Dumais te donne son accord pour la diffusion de ta vidéo, t'assurant que ça va, puisque la qualité de son produit n'est pas mise en cause et que c'est le non-respect des consignes qui a créé tout ça. Tu ne le lui diras jamais, mais tu as eu la preuve que ses teintures ont la puissance chimique d'une bombe et c'était la dernière fois que tu les testais. Tu vas prendre soin de tes cheveux avec ses autres produits, le temps de les écouler et de ressusciter tes cheveux, puis tu mettras fin à votre alliance.

Tu reportes la diffusion de ta vidéo à la soirée du lendemain, pour profiter de l'heure de pointe de présences de ton public sur le Net.

Une journée plus tard, tu te sens prête à gérer les réactions de tes *fans.* Tu sais qu'il y en aura beaucoup.

Effectivement, tu es inondée de commentaires auxquels tu réponds avec patience. Ton ventre gargouille depuis trop longtemps lorsque tu peux laisser ton écran et courir te chercher une banane que tu partages avec Gustave.

Ta mère est assise dans le salon, un dépliant touristique sous les yeux. Toutes ces émotions t'ont fait oublier votre voyage familial en Gaspésie. Cette pause sera bienvenue pour prendre un peu de recul et réfléchir à ce que tu es prête à faire, OU NON, pour ta chaîne... Tes *fans* sont précieux et tu dois être authentique avec eux. Tu te demandes si une telle authenticité est possible quand tu ne sais même pas complètement qui tu es. En espérant que l'air gaspésien te sera bénéfique...

+ 15 423 vues

CONTINUE AU NUMÉRO 57.

56

— J'avais besoin de changement !

— Tu aurais dû nous consulter !

— Vous auriez dit non de toute façon. Vous dites toujours non !

— Donc, tu savais que tu nous désobéissais et tu l'as fait quand même ! C'est encore pire !

Vos regards de feu s'affrontent. Tu détestes mentir à tes parents et, pour l'instant, tout ce dont tu rêverais, c'est un peu de réconfort après toutes ces émotions. Tu craques et tu te mets à pleurer.

— Je suis la fille la plus stupide au monde et la plus laide aussi !

Le détecteur de baisse d'estime de soi de ta mère se met probablement à hurler dans sa tête, car elle s'adoucit et se précipite vers toi.

— Ne dis pas ça, ma chérie. Raconte-nous, on ne te chicanera pas, dit-elle en posant sur ton père un regard insistant et sans ouverture à la discussion.

Tu déballes ton sac d'un trait. Le visage de ton paternel passe par toutes les émotions. Il enrage, tu le sens, mais il ne dit rien.

Plus tu t'expliques, plus tu perçois la conséquence qui te pend au bout du nez, malgré la promesse de ne pas te punir : interdiction d'utiliser ton ordinateur pour des siècles ou, pire, fermeture de ta chaîne. Tu pleures à chaudes larmes, implorant le pardon de tes parents.

Ta mère parle enfin.

— Tu as déjà une grosse conséquence avec l'allure de ta chevelure, et je pense que tu vas retirer une grande leçon de cette expérience de vie, déclare-t-elle.

— Mais, poursuit ton père, tu nous dois des excuses, et je ne crois pas que cette conséquence est suffisante.

Ça y est, ta vie est finie.

— Avant toute autre vidéo, tu vas en tourner une qui explique ton expérience, de A à Z, afin que les jeunes comprennent que consulter des adultes peut parfois être nécessaire. Je veux un message clair qui dit que tu regrettes de nous avoir désobéi, et je veux que tu nous fasses des excuses publiques. La bêtise passe par ta chaîne, la réparation passera par là aussi !

Non seulement ta vie est finie mais la prochaine aussi, si la possibilité de se réincarner existe. Tu ne peux pas t'humilier de cette façon devant tes *fans*!

Tu vois que ta mère veut rouspéter pour démontrer à ton père qu'elle trouve qu'il exagère, mais son ton est sans équivoque. Tu devras faire ce qu'il demande.

Tu te réfugies dans ta chambre et tu t'endors rapidement, épuisée par le flot de tes larmes et les émotions de la journée. Tes rêves sont peuplés de petits bonshommes verts qui insistent pour t'emmener sur leur planète, une grosse sphère constituée de gros yeux qui te regardent méchamment.

Le lendemain au réveil, ton cœur se serre quand tu vois ton reflet dans le miroir. Tu dois réagir rapidement, car tes *fans* attendent du contenu. Si tu repousses la fameuse vidéo d'excuses trop longtemps, tu nuiras à ta chaîne, et tu ne peux rien publier d'autre en attendant. Il te faut trouver un bon concept pour donner ce qu'il veut à ton père tout en te sortant de ce trou de bouette sans trop d'éclaboussures.

Tu passes l'avant-midi à tourner en rond dans ta chambre. Tu n'as même pas l'énergie de t'habiller. Tu prends finalement ton courage à deux mains et tu visionnes ce que tu as filmé la veille, lors du désastre. Les premières images te donnent des sueurs froides, mais plus la vidéo avance, plus un sourire apparaît sur tes lèvres. À la fin, tu es pliée en deux, incapable d'arrêter de rire. C'est la chose la plus drôle que tu aies jamais vue! Tu vois très bien le doute dans ton regard malgré tes efforts pour éviter de le montrer aux spectateurs, ta teinture qui prend le mauvais bord, tes cheveux qui tombent... C'est une horreur, mais c'est si drôle en même temps. Tout cela t'inspire un montage spécial qui te demandera beaucoup de travail, mais qui peut sauver ton honneur ET ta relation avec ton père. Tu te mets au boulot.

⌄⌄⌄

Après deux jours de travail acharné, tu es enfin prête à présenter ta vidéo à tes parents. La tension est encore palpable dans la maison. Ton père accepte de venir s'asseoir au salon, face à ton ordinateur.

Tu as repris une grande partie des images que tu avais filmées pendant ton test et tu y as ajouté des commentaires écrits et des pauses sur image.

Lorsque la vidéo commence, tu as écrit :

« Cette expérience a été tentée SANS permission parentale. »

Un peu plus tard, après ta première teinture, on peut lire :

« Tout aurait pu se terminer ici et ça aurait été parfait... »

Lorsque ça commence à dégénérer, tu mets l'accent sur ton visage paniqué et tu insères une prise de vue des cheveux tombés au sol. À ce moment, tu inscris :

« *Papa, maman, je ne vous désobéirai plus jamais ! Venez me sauver !* »

Tu termines la vidéo avec un petit message sur fond noir :

« *Papa, maman, je suis désolée pour tout ça. J'espère que vous me ferez confiance à nouveau. Je vous aime.*

Signé : Votre petite tête de linotte verte. »

Tu attends le verdict de ton père. Tu as perçu quelques sourires sur les lèvres de ta mère, mais ton père est resté impassible. De ton côté, tu es fière du résultat final. Il est drôle et te permet de présenter tes excuses sans t'humilier.

— Ça va. Tu peux le mettre en ligne. Excuses acceptées. La prochaine fois, ce sera pire.

Oups ! Tu as une belle victoire, mais on repassera pour l'amélioration du climat familial… Tu connais bien ton père, il faut lui donner un peu de temps et tout redeviendra normal. Il n'est pas rancunier, il a seulement besoin d'un temps de « digestion de la situation » un peu plus long que ta mère.

Tu mets ta vidéo en ligne. Tu ne le diras jamais à ton paternel, mais c'est celle dont tu es le plus fière pour sa qualité technique... On apprend même dans les épreuves, non ?

Vivement les vacances en famille pour décanter tout ça...

+ 8787 vues

CONTINUE AU NUMÉRO 57

57

Contrairement à tous les Québécois qui quittent la ville pendant les vacances de la construction, tes parents préfèrent voyager à la fin août, juste avant le retour des classes. Habituellement, tu trouves l'attente interminable, mais cet été, tu as été si occupée que tu n'as pas vu le temps passer. De plus, maintenant que tu as quatorze ans, tu n'as plus aussi hâte qu'avant de te retrouver seule avec tes parents pendant dix jours. Être enfant unique a ses avantages et ses inconvénients. En voyage, les mauvais côtés sont plus nombreux que les bons. Depuis quelques jours, tu appréhendes un peu le fait de te retrouver seule avec eux. Tu flattes Gustave, songeuse. Tu vas t'ennuyer de lui. Vincent a promis d'en prendre bien soin pendant ton absence...

Tu allumes ta caméra et tu décides de te confier, comme tu le ferais à ton journal intime.

— *Salut! Je pars bientôt en voyage en Gaspésie avec mes parents. Ce n'est pas la destination la plus intéressante pour une adolescente, mais je n'ai jamais vu le Rocher Percé, alors il est temps que je règle ça. Hahaha! Je pars seule avec mes parents et ça me décourage. Comme tous les enfants uniques, les vacances en famille pourraient plutôt* s'appeler « être la troisième roue du bicycle ». Voici la liste de toutes les choses désagréables auxquelles je serai confrontée durant les prochains jours.

1. Ne plus savoir où me mettre quand mes parents s'embrassent parce que la mer, c'est beau et romantique.

2. Être obligée d'endurer des conversations plates d'adultes en auto pendant vingt heures et à tous les repas.

3. Me faire poser plein de questions sur ma vie auxquelles je n'aurai pas envie de répondre. « Non, je ne vous le dirai jamais si je suis amoureuse. » « Oui, ça va bien à l'école même si ça fait presque deux mois que c'est fini. »

4. Avoir l'air loser à suivre mes parents comme un petit chien de poche.

5. Me faire achaler par ma mère si je décide d'écouter ma musique avec mes écouteurs pour avoir ma bulle, parce qu'elle va avoir peur que ça coupe le lien familial.

6. Toujours être seule pour rire de mes blagues que mes parents ne comprennent pas.

Gustave s'approche pour te lécher le bout du nez et tu éclates de rire, attendrie.

7. *M'ennuyer de mon petit rat à grandes oreilles et aussi d'avoir de la compagnie de mon âge. C'est long, dix jours sans mes amis.*
8. *Me baigner toute seule dans la mer parce que ma mère va la trouver trop frette et mon père ne se baigne que trois minutes.*

C'est sûr qu'il y a des points positifs, comme avoir toute la place en arrière dans la voiture, avoir un lit pour moi toute seule à l'hôtel, constater que mon avis pèse lourd dans la balance quand on doit choisir des activités...

Tu trouves ton contenu intéressant. Tu attrapes tes lunettes colorées sur ton bureau, tu les mets sur ton nez et tu ajoutes :

— *Vous autres, vous êtes aussi enfants uniques ? Ou vous êtes entourés de frères et sœurs ? Comment se sont passées vos vacances familiales ? Écrivez-moi vos commentaires et faites un pouce levé pour m'encourager !*

Le problème ici, c'est que tes vidéos doivent être approuvées par tes parents, et dans ce genre de vidéo vlog, tu fais quand même des confidences... un peu intimes. Tu hésites à les garder secrètes. Ce serait triste de te priver d'un bon contenu pour ta chaîne.

Après quelques visionnements, tu décides de montrer ta vidéo à tes parents avant de faire le montage. Tu ne crains pas qu'ils refusent la publication, tu as plutôt peur de leur faire de la peine et de jeter un froid sur vos vacances. Ce n'est vraiment pas ton intention...

Tu la leur envoies par courriel, tu ne veux pas avoir à t'expliquer. Tu leur écris simplement : « Je suis vraiment contente de partir avec vous, mais je crois que mes sentiments sont vécus par beaucoup d'ados. J'aimerais seulement les partager. Je ne veux pas vous faire de peine, c'est seulement une réflexion sur ma situation d'enfant unique. Je vous aime fullllll ! »

Tu évites leur compagnie en jouant avec Gustave dans ta chambre. Tu regrettes un peu ton idée. Tu es déjà chanceuse d'aller en vacances, tu ne veux pas avoir l'air de l'enfant unique bébé gâté. Tes parents se sont tellement battus contre cette image depuis ta naissance.

Tu entends ta mère revenir du travail, déposer son sac dans l'entrée et monter l'escalier. Elle passe sa tête dans l'embrasure de la porte de ta chambre. À son air, tu devines qu'elle a vu ta vidéo.

— Salut ma chouette ! Belle journée ?

— Oui, oui.

Elle s'assoit sur ton lit.

— J'ai vu ta vidéo et j'ai parlé à ton père.

— Maman, sérieux, c'est juste une réflexion comme ça. Ce n'est vraiment pas grave ! Je suis contente d'aller en voyage avec vous !

— Oui, je sais... Mais tu nous as fait réfléchir. Tu n'as plus cinq ans...

Elle ébouriffe tes cheveux avec affection et caresse Gustave au passage.

— Que dirais-tu d'inviter Sara à venir avec nous ?

— Pour vrai ?

— Oui, elle fait presque partie de la famille et ça te ferait de la compagnie. Appelle-la pour savoir si elle est disponible. Je parlerai à ses parents ensuite.

Tu sautes au cou de ta mère. C'était inespéré ! Dix jours à bavarder avec ton amie et à explorer le monde !

En quelques minutes, tout est réglé. Sara est ravie de se joindre à vous et tu peux mettre ta vidéo en ligne dès qu'elle sera montée.

La vie est belle !

⌄⌄⌄

Les réactions à ta vidéo sont nombreuses. Les commentaires sont drôles et touchants.

Choupette volante : *Je te comprends ! Je suis enfant unique et mes parents m'ont traînée dans tous les musées plates de la ville de Boston. Par contre, j'ai adoré le village de Salem, où j'ai cherché partout une potion pour me cloner et partir de mon côté visiter le campus de l'université Harvard pour aller voir les beaux gars !*

Zézette : *Chanceuse ! Enfant unique ! Nous avons fait 8 heures de voiture avec mon petit frère de 2 ans qui a alterné entre deux actions possibles : pleurer en hurlant ou jouer avec son toutou qui fait une musique insupportable. À un moment, j'ai envisagé de me jeter sur l'autoroute, ça me semblait moins douloureux que d'endurer ça !*

Répondre à tous les commentaires te prend beaucoup de temps, mais tu le fais avec plaisir. C'est vraiment une chance que les gens réagissent à ta vidéo.

+ 36 016 vues

⌄⌄⌄

C'est le jour du grand départ. Vous vous pointez chez Sara à 4 h du matin, question d'arriver à destination en après-midi. Sara est échevelée et a des airs de somnambule lorsqu'elle traîne sa grosse valise vers la voiture. Ton père, beaucoup trop en forme pour l'heure matinale, vous taquine, Sara et toi, sur la quantité de bagages que vous avez apportés.

— Partez-vous pour trois mois, les filles ? Heu ! Heu !

Ton père est du genre assez prévisible dans ses blagues. Sara et toi, vous riez pour lui faire plaisir, en vous jetant des coups d'œil complices. Sara adore tes parents et c'est réciproque.

Vous avez une dizaine d'heures de route devant vous. Vous avez vos téléphones, vos tablettes, de la musique à écouter et Sara a pris soin d'aller faire une immense provision de bonbons. Mais vous préférez pour l'instant vous rendormir, bercées par le ronron de la voiture.

Vous arrêtez pour déjeuner après quelques heures et vous reprenez la route, direction la baie des Chaleurs. Vous jacassez joyeusement, vous chantez avec tes parents et tu te réjouis de la présence de ton amie, qui ajoute un gros rayon de soleil à ton voyage.

Lorsque vous apercevez la mer, vous n'en revenez pas d'être encore au Québec. C'est merveilleux. L'air salin, le vent et le son des vagues promettent du bon temps.

Ta caméra capte les plus beaux paysages, dont le fameux Rocher Percé. Tu es impressionnée par sa splendeur. Tu filmes aussi ton père en train de manger du homard, et Sara et toi commentez sa technique douteuse pour décortiquer les pinces. Bien qu'il affiche un air sûr de lui, il arrive à éclabousser ta mère qui éloigne sa chaise de la table avec dédain.

Tu essaies d'améliorer tes plans de caméra en faisant des tests avec Sara. Tu es heureuse qu'elle puisse te filmer, ça te donne une certaine liberté que tu n'as pas habituellement. Vous profitez des plages, vous lancez des galets, vous visitez de charmantes petites boutiques d'artisans et vous passez beaucoup de temps, Sara et toi, à épier les conversations des Gaspésiens pour remplir vos oreilles de leur accent chantant.

Lorsque tu marches sur la plage, tu imagines que BB est là, avec toi. Vous vous tenez par la main et c'est si romantique... Tu as hâte que l'école recommence pour le voir plus souvent. Cette année, il faudrait vraiment que tu prennes ton courage à deux mains pour lui parler. Ce serait déjà un bon pas...

Le meilleur moment reste votre excursion aux baleines. Tes parents n'avaient pas envie d'aller sur un gros bateau rempli de touristes, ils ont donc décidé de réserver une expédition en Zodiac. Sara et toi espérez que vous réussirez au moins à voir un bout de baleine au loin, chose que votre guide refuse de vous promettre. Les baleines décident par elles-mêmes si elles seront au rendez-vous.

Le tour de bateau gonflable est une expérience mémorable en soi. Sara n'est pas très brave et s'agrippe au bras de ton père, car elle craint d'être éjectée et de tomber par-dessus bord. Soudain, vous voyez un jet puissant sortir de l'eau, à quelques mètres de vous. Le capitaine coupe les moteurs et laisse votre embarcation se bercer au rythme des vagues. Tout est calme. Tu allumes ta caméra et tu filmes l'horizon. Cette fois, le jet sort à peine à un mètre de toi !! Tu fais le saut et tu manques d'échapper ton téléphone à l'eau. Sara hurle d'effroi et se cache la tête dans la veste de flottaison de ton père qui rigole. Le guide vous invite à jeter un œil dans l'eau, à côté de l'embarcation, et tu vois une immense baleine qui passe sous vos fesses.

La baleine est là !!!

Cette géante est à portée de la main, tu pourrais presque la caresser si tu le voulais. Un deuxième jet sort non loin, une copine s'approche. Vous êtes muets d'émotion, conscients de votre chance inouïe. Soudain, le dos d'une baleine sort de l'eau, et elle replonge doucement en vous offrant le spectacle de sa queue qui monte dans les airs et redescend sous l'eau. Tu regardes la caméra et tu chuchotes, les yeux humides :

— Je crois que c'est le plus beau moment de ma vie !

En disant ces mots, tu ouvres les vannes. Tes larmes se mêlent à l'écume projetée par la baleine et tu es incapable de les maîtriser.

Tu aurais envie de sauter rejoindre les baleines et nager avec elles. Si immenses et si apaisantes à la fois, elles t'attirent. Lorsqu'elles décident de reprendre le large, tu es si triste de leur départ que tu tentes de les convaincre de t'offrir leur présence un peu plus longtemps. Tu les appelles, désespérée :

— Baleines ! Ne partez pas ! Youhou, baleinebaleine-baleine ! Don't leave me this waaaay ! Yo soy so sad that you're going... Plouch chte plouch plouf ouannannnnn !!!

Tu mimes à grands signes ton désir de les voir faire demi-tour, en confondant toutes les langues que tu connais, en plus de tenter le tout pour le tout avec l'appel en langue baleine. Rien n'y fait. Ta mère, qui est une *fan* du film *La grenouille et la baleine,* (un vieux film de quand elle était petite, sur une fillette qui parle aux baleines) tente de t'offrir un peu de soutien devant un tel désarroi en te proposant sa solution :

— On aurait dû apporter une flûte ! C'est peut-être Bémol, le professeur de musique !

Le guide vous observe avec un sourire en coin. Il doit en voir de toutes les couleurs, et il parlera sûrement au souper avec sa femme des bizarres qu'il a embarqués sur son bateau.

À peine de retour sur le quai, vous vous rassemblez autour de ton téléphone pour revivre ce moment magique. Vous allez ensuite vous remettre de vos émotions à votre chambre, dans une charmante petite auberge de la ville de Percé. Tu travailles un peu ta vidéo et tu la mets en ligne, en t'inspirant du parler gaspésien pour la présenter.

— *Cher, j'cré ben que tu vas capoter! Écoute ça!*

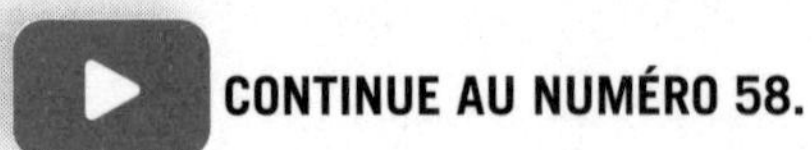

58

La magie de YouTube t'impressionne chaque fois. Les réactions affluent et, même si tu sais très bien qu'Internet est partout, tu es tout de même étonnée de constater que tes *fans* te suivent, peu importe où tu es. Les partages de ta vidéo se multiplient, tu n'arrives plus à répondre à tous les commentaires. Tes parents rouspètent un peu sur le fait que tu devrais prendre des vacances et oublier un peu les écrans. Tu leur expliques que le succès n'attend pas et tu leur promets de laisser de côté ton ordinateur dès que ça se calmera.

Mais ça ne se calme pas.

Tu l'as, ta vidéo virale ! Tu étais au bon endroit, au bon moment. Tu permets à des centaines de personnes d'être témoins d'un événement extraordinaire. Parfois, les vidéos virales, c'est un bébé chat qui fait une culbute attendrissante. Toi, tu as une chorégraphie de baleines ! Ce n'est pas rien !

Le temps passe et tu peines à répondre à tout le monde. Sara te propose de répondre en ton nom et tu as presque envie d'accepter. Tes doigts et tes yeux brûlent. Mais tu tiens à t'occuper toi-même de tes réseaux sociaux, pour être présente et savoir tout ce qui se passe. Tes parents finissent par te forcer à venir souper avec eux, même si ton intention était de grignoter un peu en travaillant. Tu laisses ton ordinateur à regret, encore sous le choc de l'émoi que tu as causé avec ta gang de baleines.

Une fois assise à la table d'un petit restaurant coquet, vous portez un toast au succès fulgurant de ta vidéo. Par-dessus l'épaule de ta mère, tu croises le regard d'une adolescente, à une autre table. Elle est accompagnée d'amis qui regardent tous dans ta direction.

— Sara, est-ce que j'ai une couette de travers ou quelque chose d'étrange ?

— Non, pourquoi ?

— Les filles là-bas n'arrêtent pas de me regarder... Peut-être que nos vêtements ne fittent pas avec la mode d'ici...

Après quelques regards que tu tentes d'éviter parce que tu es de plus en plus mal à l'aise, tu t'aperçois que les filles chuchotent maintenant en te pointant du doigt. Quelle impolitesse ! Après quelques minutes, une des adolescentes se lève et se dirige vers vous. Tu ne sais pas si tu dois être souriante ou bête, son comportement t'agace un peu.

— Salut ! dit-elle avec un sourire gêné.

— Allô ?

— C'est toi, hein, la fille aux lunettes sur YouTube ?

Tes parents et Sara figent d'étonnement. Tu les accompagnes dans leur posture de statue, incapable de réagir.

L'adolescente poursuit.

— T'as un lapin, Gustave.

Elle semble vraiment te connaître. Tu te ressaisis.

— Oui, oui, c'est moi !

— Je le savais ! On ADORE ce que tu fais ! Tu es drôle ! Tu penses comme nous et tu oses le dire ! Mes amies et moi, on a toujours hâte à tes prochaines vidéos. Quand on a vu celle de la baleine, on a su que tu étais dans le coin. On n'en revient pas de t'avoir trouvée vite comme ça, même si c'est ben p'tit ici !

— Euh… Merci !

— Est-ce qu'on peut prendre une photo avec toi ? Euh, je ne veux pas vous déranger, dit-elle comme si elle venait de prendre conscience que vous étiez en train de souper.

— Non, non, ça va ! Je peux même la prendre, propose ton père.

Elle fait signe à ses amies de venir la rejoindre. Celles-ci se lèvent et sortent chacune un objet de leur sac : des lunettes colorées. Toutes sortes de drôles de lunettes qu'il est impossible qu'elles portent tous les jours.

Elles se regroupent autour de toi pour la photo. Tu n'en reviens pas.

L'une d'entre elles te confie :

— On a vraiment eu de la difficulté à trouver des lunettes bizarres comme les tiennes. Les magasins ont été vidés à cause de toi. Sérieux, t'es vraiment populaire !

Tu es populaire en Gaspésie, à l'autre bout du Québec, à un endroit où c'est la première fois que tu mets les pieds ! Tes vidéos se sont rendues avant toi ! C'est fou !

Tu lis l'étonnement et la fierté dans les yeux de tes parents. Sara a le sourire fendu jusqu'aux oreilles. Les filles retournent à leur place et cachent difficilement leur excitation. Vous reprenez votre calme et discutez de la suite du voyage.

Tu décides de profiter de tes vacances pour faire le plein d'énergie, car tu te doutes que ton retour à la maison sera très occupé. C'est merveilleux !

+ 88 951 vues

CONTINUE AU NUMÉRO 59.

59

L'odeur des cahiers neufs se répand dans ta chambre. Tes nouveaux souliers te font de l'œil. La rentrée officielle n'est que dans quelques jours, mais tu as décidé de mettre en scène ton matin de la rentrée en faisant une vidéo « Get ready with me », pour inspirer tes *fans* à partir du bon pied. Même s'il est 13 h, tu fermes tes stores, tu te mets en pyjama et tu programmes ta sonnerie de réveille-matin. Tu pars ta caméra et tu feins de dormir. Tu réprimes ton envie de rire ; la situation est un peu ridicule, tu l'admets. L'alarme se fait entendre (tu as pris soin de choisir une mélodie douce, mais dynamique), tu te frottes les yeux comme la meilleure des comédiennes et tu salues tes *fans* en annonçant que tu leur dévoileras tous tes trucs pour une première journée d'école du tonnerre !

— Première étape, nourrir Gustave ! Salut mon p'tit lézard poilu !

Tu remplis son bol de granules et tu lui donnes une généreuse poignée de foin. Tu descends ensuite au rez-de-chaussée, toujours suivie par la caméra dirigée vers toi.

— Sérieux, le déjeuner est le repas que j'aime le moins. Je n'ai jamais faim et je n'en peux plus des toasts et des

céréales. Cet été, j'ai trouvé LA solution : une recette de granola inventée, mélangée dans un yogourt à la vanille ! Miam ! Je vous mets la recette en commentaire !

Tu sors de l'armoire un pot Mason rempli de flocons d'avoine et de pépites de chocolat. Les pots Mason, c'est *in* sur les réseaux sociaux, c'est pourquoi tu as pris le temps de transvider ton mélange qui était, au départ, dans un vieux pot de plastique sans personnalité. Tout est dans le soin porté aux détails ! Tu as aussi déjà planifié quel bol tu utiliseras pour déguster ton mélange et tu as posé sur la table un petit bouquet de fleurs des champs. Habituellement, la table est jonchée de papiers et autres bidules, mais avant de tourner, tu as fait un gros tas avec les traîneries que tu as mises sur le divan qui, lui, ne sera pas filmé.

Tu dégustes ton déjeuner, tu ranges ta vaisselle (tes parents seront heureux, tu ne fais jamais ça !) et tu te diriges vers la salle de bain. Avant de fermer la porte, tu poses ta caméra sur une tablette qui permet de te filmer de la tête aux pieds, en pyjama. Tu l'éteins ensuite sans la bouger. Tu te changes et revêts ton chandail et ta jupe. Tu ressors te filmer. Tu feras un montage pour donner l'impression que tu t'es habillée en un instant, comme par magie. Tu expliques tes choix vestimentaires en précisant que ton critère premier est le confort et non la mode. Tu invites tes *fans* à faire des choix qui leur ressemblent et à ne pas hésiter à se démarquer.

Tu décides spontanément de faire une capsule beauté du matin. Tu filmes le miroir qui projette ton image.

— *Mon rituel beauté est le fruit d'une longue réflexion. Voici les étapes :*

Tu t'asperges le visage avec de l'eau du robinet. Tu l'essuies avec une serviette.

— *Voilà ! Ma routine est simple, rapide et économique ! Je vous entends déjà dire : « Mais elle a des boutons sur le front, ce n'est pas comme ça qu'elle va s'en débarrasser et elle aura bientôt une face de pizza ! » Pas de panique, j'ai ma lotion secrète, que j'applique sur chaque bouton, comme ça. Un jour, je vous donnerai la recette, si vous êtes gentils !*

Tu brosses ensuite tes cheveux et tu les places rapidement.

— *Et finalement, mon maquillage !*

Tu te caches le visage avec les mains, comme lorsqu'on fait un coucou aux bébés. Tes *fans* vont s'imaginer que tu vas couper la vidéo et réapparaître maquillée, mais tu ne coupes pas, et tu découvres ton visage qui n'a absolument rien de changé.

— *Hey ! Hey ! Je ne me maquille pas ! Trop de trouble, trop cher et je ne sais même pas comment appliquer les produits comme du monde. Soyons naturelles, les filles ! Je vois trop de youtubeuses utiliser quarante-cinq produits en disant que ça donne un air naturel. La meilleure façon d'être naturelle ? Ne rien mettre ! Magie !*

Tu te diriges ensuite vers ta chambre et tu places tous tes nouveaux effets scolaires dans ton vieux sac d'école. Une fois qu'il est sur ton dos, tu te plains qu'il pèse une tonne. Tu fouilles à l'intérieur et tu en sors une brique que tu y avais déposée avant ta vidéo. Tu montres la brique à l'écran.

— *Idéalement, n'apportez pas de brique à l'école, c'est mauvais pour le dos.*

Tu embrasses Gustave et tu te diriges vers la porte de la maison. Tu souhaites une bonne journée et une excellente année à tous les élèves et tu les invites à te suivre, car tu sens que ce sera une grande année pour toi.

À suivre...

REMERCIEMENTS

Merci à toute la gang du salon de thé Auréa. Vous avez été la solution à la procrastination et avez rendu ce défi d'écriture agréable et sympathique.

À mon amie Céline, pour la première lecture, les commentaires rassurants et les encouragements. Grâce à toi, j'ai pu préserver une santé mentale relativement bonne cette année !

À Catherine, pour les réponses capillaires !

À Ausséyane et Rheno... Ben non, ils n'existent pas !

À Katherine, mon éditrice, avec qui le premier contact a été inspirant et joyeux. C'est un plaisir et un honneur de travailler avec toi et toute l'équipe des éditions les Malins. Merci de m'avoir fait une place dans votre belle famille, où je me suis sentie accueillie dès les premiers instants. Longue vie à notre union !

À Hugo, mon amour, mon coéquipier dans notre *team* de feu, qui m'encourage dans mes objectifs de nombre de mots à écrire et qui comprend que l'écriture, c'est un de mes besoins primaires au même titre que manger, boire et dormir.

C'est cliché, mais c'est ça, et ce n'est pas toujours facile à gérer…

À mon grand Vincent, mon tout premier lecteur cible, armé de ton crayon fluo pour souligner mes bons coups, de ta délicatesse lorsque tes commentaires super pertinents étaient moins positifs… Tes éclats de rire pendant ta lecture ont été un carburant précieux pour donner le meilleur de moi-même et tenter de les entendre encore et encore.

À mes testeurs de choix (dans les deux sens du mot!): Geneviève, Catherine, Caroline, Marc-Antoine, Karine et Hugo (et Marc-André, qui n'a pas lu mais qui voulait son nom dans mon livre). Vous m'avez évité une surchauffe cervicale! Merci!

Merci à vous, chers lecteurs. J'ai beaucoup pensé à vous pendant l'écriture de ce livre. Vous êtes mon inspiration la plus précieuse. Merci de me lire, de m'écrire, d'être là, avec vos petites faces souriantes, dans les salons. Mon cœur est rempli de bonheur grâce à vous! Mettez vos belles lunettes, j'ai hâte de vous voir!

À bientôt!

Valérie xx